"O mais recente livro de Dave me emocionou. Ele nos ajudará a orientar nossos filhos a ter relacionamentos saudáveis com as meninas. É o que todos nós queremos, mas não sabemos como fazer. Na era do #MeToo [#EuTambém], este livro, escrito por um líder pensador respeitável, pastor e pai de quatro filhos homens, é exatamente o que precisamos para ensinar os nossos filhos a respeitar e defender as mulheres, sem diminuir sua saudável masculinidade. Vamos todos educar uma geração de homens que respeitam as mulheres."

— SHAUNTI FELDHAHN,
pesquisadora social e autora do *best-seller*
For Women Only and For Parents Only
[Somente para mulheres e somente para pais e mães]

"Por ser pai de dois filhos homens, quero incutir neles a lição exata que aprendi neste livro. O desafio para todos nós de educar meninos que, ao se transformarem em homens, tratem as mulheres com respeito não é algo que ocorre automaticamente. Neste livro, você descobrirá não apenas o 'como', mas também a capacidade de ensinar o 'por que' aos seus filhos. Como bônus, tenho a dizer que a forma com que Dave escreve é contagiante, e suas instruções são corajosas. Ele é, sem dúvida, o autor certo para transmitir essa mensagem. Se você é pai de meninos (ou meninas), não se arrependerá de ler este livro!"

— BRENT EVANS,
presidente do MarriageToday e
fundador do XOMarriage.com

"Nossa cultura envia mensagens confusas e prejudiciais a respeito do significado de ser homem. Como pai de dois filhos homens, enfrento a batalha constante de ajudá-los a não internalizarem essas ideias destrutivas. É por isso que sou grato pelo livro de Dave Willis. Ele ajudará os pais a prepararem os filhos para que tenham uma visão bíblica e redentora da masculinidade."

— JIM DALY,
presidente da Focus on the Family

"Por ter sobrevivido a abuso infantil e violência doméstica, um de meus maiores sonhos para minhas filhas é que Deus as abençoe com um marido amoroso, meigo e honrado. A leitura deste livro trouxe-me grande esperança para a geração de nossos filhos. As palavras humildes, compassivas e comoventes de Dave Willis fornecem uma linda janela mostrando o coração de um pai que deseja não apenas educar os filhos para seguirem o exemplo de Jesus, mas também inspirar outros pais a fazerem o mesmo. Em vez de rebaixar a masculinidade, Dave a eleva como bênção de Deus para ser comemorada e usada, a fim de que os homens sigam o exemplo de Cristo. Sou grata por este livro."

— Jennifer Greenberg,
autora de *Not Forsaken: A History of Life After Abuse*
[Não desamparada: uma história de vida após abuso]

"Muitos críticos culturais modernos, tanto dentro quanto fora da igreja, encontram-se à beira de um rio queixando-se de todo o lixo que rola correnteza abaixo. Grande parte da crítica gira em torno da condição de masculinidade. Uma das grandes necessidades do dia é que homens e mulheres naveguem rio acima e, para começar, impeçam que o lixo seja atirado no rio. Tenho a firme convicção de que a questão atual de navegar rio acima está no coração dos homens. Dave Willis fez a viagem rio acima não apenas para identificar o problema, mas também para oferecer-nos soluções práticas. A saúde de uma igreja, de uma comunidade e de uma cultura nunca é capaz de suplantar a saúde do coração dos homens que a elas pertencem."

— Scott Nickell,
mestre pastor da Southland Christian Church;
coapresentador de The Locker Room Podcast

Dave Willis

Educando meninos que respeitam meninas

Eliminação da mentalidade do
vestiário, pontos cegos e sexismo não intencional

EDITORA VIDA
Rua Conde de Sarzedas, 246 Liberdade
CEP 01512-070 São Paulo, SP
Tel.: 0 xx 11 2618 7000
atendimento@editoravida.com.br
www.editoravida.com.br

©2019, Dave Willlis
Originalmente publicado nos EUA com o título:
Raising Boys Who Respect Girls: Upending the Locker Room Mentality, Blind Spots, and Unintended Sexism
Copyright da edição brasileira © 2021, Editora Vida.
Edição publicada com permissão contratual com Thomas Nelson, uma divisão da HarperCollins Christian Publishng, Inc. (Nashville, TN, 37214, EUA)

■

Todos os direitos em língua portuguesa reservados por Editora Vida

Proibida a reprodução por quaisquer meios, salvo em breves citações, com indicação da fonte.

■

Scripture quotations taken from *Bíblia Sagrada, Nova Versão Internacional, NVI®* Copyright © 1993, 2000 by International Bible Society®. Used by permission IBS-STL U.S. All rights reserved worldwide. Edição publicada por Editora Vida, salvo indicação em contrário.

Editor responsável: Gisele Romão da Cruz
Editor-assistente: Amanda Santos
Tradução: Maria Emília de Oliveira
Revisão de tradução: Josemar de Souza Pinto
Revisão de provas: MelhorArte em Idiomas Ltda.
Diagramação: Claudia Fatel Lino
Capa (adaptação): Arte Vida

Todas as citações bíblicas e de terceiros foram adaptadas segundo o Acordo Ortográfico da Língua Portuguesa, assinado em 1990, em vigor desde janeiro de 2009.

1ª edição: ago. 2021

Dados Internacionais de Catalogação na Publicação (CIP)
(Câmara Brasileira do Livro, SP, Brasil)

Willis, Dave
　　Educando meninos que respeitam meninas : eliminação da mentalidade do vestiário, pontos cegos e sexismo não intencional / Dave Willis ; tradução Maria Emília de Oliveira. -- 1. ed. -- São Paulo : Editora Vida, 2021.

　　Título original: *Raising Boys Who Respect Girls*
　　ISBN 978-65-5584-197-8

　　1. Criação de filhos - Aspectos religiosos - Cristianismo 2. Educação religiosa 3. Educação cristã 4. Família - Relacionamentos 5. Pais e filhos I. Título.

21-59169　　　　　　　　　　　　　　　　　　　　　　　　　　CDD-268.432

Índices para catálogo sistemático:

1. Criação de filhos : Educação cristã : Cristianismo 268.432
Maria Alice Ferreira - Bibliotecária - CRB-8/7964

*Este livro é dedicado a meus filhos extraordinários:
Cooper, Connor, Chandler e Chatham.
Eu os amo e tenho muito orgulho de vocês.
Sei que se tornarão homens dignos de grande
respeito e, nesse período de crescimento, que vocês
sempre respeitem e protejam as mulheres.*

Sumário

Introdução 9

1. A crise atual 21
2. Jesus, o respeitador de mulheres.................... 45
3. A mentalidade do vestiário 67
4. O que significa ser "homem de verdade"?.................... 87
5. A verdade nua e crua sobre o sexo 111
6. A pornografia epidêmica 135
7. Luxúria e masturbação................................ 157
8. O casamento exemplar................................ 179
9. Ensinando lições corretas a seu filho 197

Epílogo: *Carta para meus filhos* 221
Agradecimentos 225
Sobre o autor.. 227

Introdução

Meu filho Cooper, de 13 anos de idade, chegou em casa após o primeiro dia de aula do oitavo ano com um ar de perplexidade no rosto. Ashley, minha esposa, e eu começamos imediatamente a crivá-lo de perguntas sobre como foi o primeiro dia na escola, e ele resmungou algumas respostas curtas, com os olhos no celular. Assim como a maioria dos meninos adolescentes, ele parecia muito mais interessado nos *videogames* do que em dar continuidade a uma conversa sobre escola.

Oferecemos-lhe um lanche e alguns petiscos, na esperança de manter a conversa, e, antes de dar a última mordida no hambúrguer, ele nos fez uma pergunta que quase nos deixou sem fala. Depois de limpar a garganta e movimentar um pouco os pés como se estivesse à procura de palavras, ele finalmente deixou escapar: "As meninas gostam quando os meninos enviam fotos do pênis deles a elas?".

Como você pode imaginar, a pergunta provocou imediatamente algumas perguntas de nossa parte. Tentamos não parecer chocados, porque descobrimos que, quanto mais calmos estivermos, mais os garotos se abrirão conosco. No momento em que entramos em pânico, eles se calam. Mantivemos a calma e continuamos com as perguntas. Finalmente, as respostas revelaram que, no ônibus de transporte escolar, alguns garotos haviam tirado fotos da própria genitália. Mostraram as fotos aos colegas e também enviaram mensagens de texto com as imagens a outros garotos.

Um deles disse rindo, enquanto tirava uma foto: "As meninas adoram receber estas fotos!".

O garoto tentou colocar o celular bem na frente do rosto de Cooper, mas nosso filho empurrou o aparelho e deixou claro que não tinha interesse em participar. Ele ficou chocado com aquele tipo de comportamento e, ao mesmo tempo, perplexo com a declaração ousada do colega. *As meninas gostam mesmo quando os meninos fazem isso? É assim que os relacionamentos devem funcionar?*

Dissemos a Cooper que ele agira corretamente ao enfrentar aquele comportamento obsceno, e Ashley reforçou com esta resposta: "Não, garanto a você que as meninas não gostam nem um pouco de receber fotos desse tipo. Talvez elas riam por susto ou nervosismo, mas, por dentro, ficam enojadas, ofendidas e possivelmente apavoradas. Os meninos devem sempre tratar as meninas com respeito, e o que esses meninos estão fazendo é desrespeitoso e ilegal".

Você pode estar visualizando uma imagem desses garotos dentro do ônibus, enfileirados diante da polícia como criminosos insensíveis, mas a maioria procede de famílias íntegras, estáveis, cultas e abastadas. O ônibus de transporte escolar atendia à vizinhança de classe média alta e a um bom número de condomínios fechados. O índice de criminalidade é incrivelmente baixo na região, e a área é considerada um dos melhores distritos escolares do estado. Percebi, então, que, se aquele tipo de comportamento estava ocorrendo em nossa comunidade, havia boas chances de que estivesse ocorrendo em todos os lugares.

O incidente com Cooper foi um dos inumeráveis incidentes que me levou a buscar respostas e tentar ser uma pequena parte da solução para os maus-tratos generalizados infligidos às mulheres e o desrespeito a elas quando são tratadas como objetos. E as novas histórias de violência contra as mulheres que começaram a aparecer com mais frequência serviram de combustível para alimentar esta jornada. Sempre que me via diante de uma injustiça, eu recebia um estímulo para ir em frente. Quanto mais pesquisava, mais convencido ficava de que o problema era maior do que imaginávamos e que a solução só pode ser encontrada se entregarmos as ferramentas corretas à próxima geração.

Como pais e educadores de meninos, você e eu temos a influência e a responsabilidade de ensinar à próxima geração de homens como respeitar a si mesmos e como respeitar a próxima geração de mulheres. Não estou escrevendo este livro como alguém que possui todas as respostas. Eu o convido a iniciar uma jornada que pode terminar com mais perguntas que respostas, mas trata-se de uma jornada capaz de ter efeitos profundos e positivos para os nossos filhos e os filhos deles nas gerações vindouras. Acima de tudo, sou apenas um pai que deseja criar meninos que respeitam meninas e que, quando adultos, sejam homens que respeitem profundamente as mulheres.

Se você é pai de meninos, acompanhe-me nesta jornada, e, juntos, poderemos ter algumas conversas de homem para homem sobre como criar nossos filhos de modo que sejam homens íntegros e sobre como poderemos ser também homens íntegros. Esta jornada poderá ajudar você e seu(s) filho(s) a se aproximarem mais um do outro e lhes proporcionará algumas conversas profundas e significativas. Espero que o mesmo ocorra comigo e meus filhos.

Se você é mãe de meninos, espero poder abrir a cortina e ajudar você a entender o processo de pensamento de seu(s) filho(s).

Nesta jornada, será essencial entender como ele pensa como homem. Criar meninos que respeitam meninas não significa odiar ou menosprezar a masculinidade. Ao contrário, vamos ajudar os nossos filhos a recuperar a verdadeira masculinidade quando lhes ensinarmos a respeitar a verdadeira feminilidade. Durante esta jornada, você aprenderá a aproximar-se mais de seu(s) filho(s), e tal aproximação facilitará o entendimento mútuo e abrirá novos canais de comunicação.

Algumas rápidas justificativas e instruções: primeiro, você precisa saber que esta jornada será cheia de surpresas. Em muitas ocasiões, você achará que o livro não é aquele que você esperava, e provavelmente o autor também não é aquele que você esperava para escrever um livro sobre esse assunto. As melhores jornadas da vida são, em geral, as inesperadas.

Este livro não é um apelo ao progressismo nem ao conservadorismo. Não tem a intenção de ser uma declaração política, porque apostamos demais na política e nos políticos para provocar uma mudança verdadeira que somente um coração transformado é capaz de promover. As ideias e ideais que você lerá poderão soar radicais algumas vezes, mas os ensinamentos e as ações ousadas e contraculturais de Jesus pareciam muito radicais para serem postos em prática pela sociedade de sua época. Como seguidores de Cristo, se não parecermos um pouco radicais de vez em quando, poderemos perder o foco.

Este livro não tentará envergonhar os meninos por serem homens. Os meninos são espetaculares! Sinto orgulho por ter filhos homens e quero que eles e os seus filhos atinjam os mais altos ideais da autêntica masculinidade. Infelizmente, muitos meninos e homens de hoje têm uma visão distorcida da masculinidade e uma visão distorcida de si próprios em geral. No livro recente e muito bem pesquisado *The Boy Crisis* [A crise dos meninos], os autores destacam algumas tendências perturbadoras na visão moderna da masculinidade. Sugerem que o recente bombardeio de notícias que descrevem o mau comportamento de homens e meninos tem deixado muitos garotos envergonhados do gênero ao qual pertencem e muitos futuros pais desejando desproporcionalmente filhas em lugar de filhos.[1]

É claro que desejo que os meninos e os homens tenham um alto padrão de comportamento, mas não desejo de modo algum que os meninos sintam vergonha de pertencer ao sexo masculino nem tentar descontruir a masculinidade moderna e substituí-la por uma visão mais feminina ou de considerar a masculinidade como um gênero neutro. Ao contrário, quero resgatar os ideais bíblicos e eternos da masculinidade. Quero pô-los em prática em minha vida e ensinar meus filhos a fazer o mesmo. Os crimes contra as mulheres não cessarão só porque os homens rejeitam a ideia de masculinidade; as mulheres serão finalmente tratadas com respeito quando os homens aceitarem a autêntica masculinidade.

Os homens de verdade respeitam as mulheres. Sei que há muitas controvérsias e confusões em torno do significado de "homem de verdade" e vou gastar um bom tempo para desenvolver esse conceito nos capítulos posteriores. No entanto, embora a minha mensagem sobre masculinidade seja fruto de experiência pessoal e pesquisa social, ela possui fundamentos bíblicos também, o que poderá surpreender alguns leitores. A Bíblia não é um manual inflexível e arcaico recheado de misoginia; ao contrário, é um livro que apresenta as soluções de

---

[1] FARRELL, Warren; GRAY, John. **The Boy Crisis:** Why Our Boys Are Struggling and What We Can Do About It. Dallas: BenBella Books, 2018. p. 3.

que precisamos. Creio também que Jesus Cristo é a fonte e a personificação de toda a verdade. Garanto que, durante a sua vida, ele promoveu, reconheceu e respeitou as mulheres mais que qualquer outra pessoa na História.

Você não precisa ter a mesma fé em Cristo que eu para tirar proveito desses princípios, mas é muito importante para o contexto que você saiba que estou escrevendo uma visão bíblica e cristocêntrica do mundo.

Se você acha que cristianismo e respeito pelas mulheres são incompatíveis de alguma forma, espero mudar totalmente a sua opinião. Se você é um cristão ou não, leia, por favor, o capítulo intitulado "Jesus, o respeitador de mulheres". Talvez seja o capítulo mais importante deste livro e talvez possa alterar permanentemente alguns de seus paradigmas (da mesma forma que Jesus continua a alterar os meus).

Se você é um leitor cristão, preciso avisar que este livro não é aquele que você encontraria normalmente na seção de obras cristãs de uma livraria. Serei rude às vezes e usarei palavras específicas (principalmente relacionadas ao sexo) que o poderão envergonhar com 50 tons de vermelho. Não estou fazendo isso para provocar uma reação de choque, mas muitos autores cristãos encobrem e atenuam esses assuntos por medo de ofender alguém. Às vezes, a verdade abrupta e específica é o único caminho para uma comunicação adequada.

Vamos parar de contornar esses assuntos e ter uma conversa séria. Por favor, permaneça comigo e com a mente aberta, mesmo que algumas histórias que você vier a ler o deixem um pouco constrangido. Garanto que me sinto mais constrangido que qualquer um com as palavras grosseiras que considerei necessárias em algumas partes do livro. Vamos caminhar juntos, na esperança de aprender algumas informações valiosas ao longo da estrada.

O formato deste livro inclui numerosos fatos e afirmações, mas é essencialmente composto de histórias. Se você continuar a leitura após a introdução, logo descobrirá que adoro contar histórias. Creio que esse é o melhor método de aprendizado. Algumas histórias nas próximas páginas são alegorias fictícias, porém a maioria é verdadeira no sentido factual. Quando apropriado, mudei os nomes e outros detalhes de identificação para proteger o anonimato das pessoas envolvidas.

Em minhas histórias, você provavelmente verá também que possuo espírito brincalhão e, às vezes, irreverente. É assim que eu sou. Nunca tento me levar a sério demais, mas, por favor, saiba que não trato este assunto de forma leviana. O humor é intencional, para manter o leitor ligado e entretido, nunca para diminuir a importância do assunto em pauta. Também peço desculpas antecipadamente por alguns trocadilhos dignos de "piada de pais". Sou pai. Às vezes, não dá para resistir.

Devo também dizer que não sou psicólogo, nem especialista com grau de doutorado nessa área, nem repórter de televisão a cabo. Este livro segue mais a linha heterodoxa (e será mais divertido, assim espero) que os escritos por outros autores. Possuo grau de mestrado na área da ciência social, anos de experiência em ministérios de jovens e universitários e muita experiência como pai, mas admito ser totalmente leigo a respeito desse assunto. Por favor, seja tolerante comigo e lembre-se de que todos os grandes movimentos foram movidos, pelo menos em parte, por vozes e por leigos pouco promissores.

Preciso também confessar um fato importante que espero que não o faça perder toda a sua confiança em mim sobre o assunto. O que vou dizer poderá escandalizar vocês, portanto peço que se sente antes de ler esta revelação chocante... sou homem. Isso mesmo, sou um cara do sexo masculino.

Talvez você se sinta ofendido pelo fato de um homem ter escrito um livro sobre esse assunto, pois acha que isso só servirá para reafirmar, acima de tudo, os padrões patriarcais que criaram esses problemas. Se você faz parte desse time, saiba que não quero ser condescendente com você nem desmerecer suas convicções. Mas também o encorajo a reconhecer que os homens têm sido, em grande parte, responsáveis por criar esse problema, portanto necessitamos de uma oportunidade para ajudar a criar as soluções. Não se trata de chauvinismo nem de feminismo; para mim, trata-se de bom senso.

No intuito de apresentar às mulheres "a palavra final" sobre os tópicos que abordarei, vou terminar cada capítulo com citações selecionadas de mulheres e moças de todas as idades. A maioria das citações foi apresentada em resposta a um pedido que fiz nas redes sociais. Em meus canais públicos, postei o seguinte:

> Senhoras e senhoritas, estou escrevendo um livro sobre como educar meninos que respeitam meninas e necessito de suas ideias e opiniões. Por favor, compartilhem suas experiências. O que os homens e os meninos fazem para que vocês se sintam respeitadas, e o que os homens e meninos fazem para que se sintam desrespeitadas? Por favor, compartilhem também histórias de abusos ou maus-tratos no passado que vocês estariam dispostas a postar publicamente, além de outras perspectivas que, segundo vocês, poderão ser úteis. Vou compartilhar algumas dessas citações em meu livro. Obrigado!

Sou grato às centenas de senhoras e senhoritas que responderam à minha solicitação. Sou especialmente inspirado pelas mulheres corajosas que se dispuseram a compartilhar publicamente seus relatos angustiantes de abusos no passado. Este livro, bem como a minha perspectiva, é mais produtivo graças à coragem, sabedoria e ideias dessas mulheres. Também incluí citações de meninos e homens de várias idades, e suas experiências enriqueceram grandemente minha perspectiva e a mensagem deste livro.

Na parte final de cada capítulo, intitulada "Nas próprias palavras das mulheres", incluí a idade ao lado do primeiro nome e da inicial do sobrenome em cada citação como meio de contextualizar a experiência de vida de cada mulher. As idades foram extraídas de informações contidas nas redes públicas e sociais, e algumas foram calculadas com base em outros dados públicos nos casos em que não foi possível saber a idade exata. Também algumas citações são paráfrases de conversas que tive ao longo dos anos com amigas e colegas de trabalho e parentes do sexo feminino.

Pelo fato de o autor deste livro ser homem, sei perfeitamente que ainda tenho muito que aprender. Contudo, acredito também que a minha perspectiva masculina pode oferecer pontos importantes à conversa, ajudando os homens a reconhecer como as nossas ações, atitudes e os nossos pontos cegos estão sendo transmitidos aos nossos filhos e, ao mesmo tempo, ajudando as mulheres a terem maior conhecimento sobre o processo do pensamento masculino para compreender melhor o marido, os filhos e outros homens que fazem parte da vida delas.

Grande parte do desrespeito coletivo dos homens não é intencional, o que não justifica tal comportamento, mas é um fator importante. Em minhas pesquisas e entrevistas com mulheres para este projeto, uma delas disse: "A maioria dos homens mostra alguma forma de desrespeito às mulheres, mas estou convencida de que quase sempre não é intencional. Creio que quase todos os homens mudariam de conduta se reconhecessem que o que dizem ou falam é entendido pelas mulheres como desrespeito".

Nesta jornada, desejo encontrar aqueles pontos cegos em minha vida e ter a certeza de estar fazendo o possível para ajudar meus filhos a não repetirem meus erros. Estou me esforçando para ter uma nova visão de meu papel nessa história e ajudar outros homens (e mulheres) a fazerem o mesmo. Para aqueles de nós que são pais/mães (ou padrastos/madrastas), o dever de educar meninos que respeitam meninas representa um de nossos deveres mais sagrados. Juntos, podemos promover uma mudança duradoura e tornar o mundo mais respeitoso.

Talvez eu não seja a pessoa mais indicada para escrever este livro, mas minha paixão é pôr esta mensagem em prática tanto em minha vida quanto na vida de minha família. Iniciei esta jornada sozinho e convido você a me acompanhar. No fundo, gosto de encorajar as pessoas e quero aproveitar toda a influência que eu possa reunir para encorajar minha geração a promover mudanças positivas em benefício da próxima geração.

Sou também marido e pai de quatro meninos preciosos. Minha motivação fundamental ao escrever este livro é cumprir meu dever sagrado de ensiná-los a respeitar a mãe deles, a respeitar as mulheres com quem se casarão depois de adultos, a respeitar suas futuras filhas e a respeitar todas as mulheres da vida deles. Isso pode provocar uma pergunta: "Que tal ensinar as meninas a respeitarem os meninos ou ensinar os meninos a respeitarem outros meninos e a respeitarem a si mesmos? Não é importante também?".

Evidentemente, quero que meus filhos respeitem os homens e respeitem também a si mesmos — e esse tema fará parte da discussão —, mas eles (como a maioria de nós) já foram condicionados no subconsciente a respeitar os homens com mais naturalidade do que respeitar as mulheres. O respeito deles pelas mulheres não diminuirá o respeito deles pelos homens ou por si mesmos. O respeito verdadeiro nunca subtrai nem divide; multiplica. E, quanto a um livro sobre como ensinar as meninas o que devem fazer, deixo essa tarefa a cargo de alguém que tenha filhas.

Este livro tratará de desafios e soluções que causam impacto no mundo todo, mas as mudanças precisam ser postas em prática em uma família por vez. Estou começando pela minha. Se meus filhos forem os únicos a ser impactados pela mensagem deste livro, o esforço de escrevê-lo terá valido a pena. Espero, claro, que você e sua família sejam também impactados. Se ao menos uma pessoa acolher esta mensagem, o impacto no relacionamento e nas gerações futuras será incomensurável. Se muitos de nós acolhermos e incorporarmos esta mensagem, o mundo será diferente (e melhor) para a próxima geração!

Obrigado por participar desta jornada comigo. Obrigado por fazer parte da solução para um dos problemas mais perturbadores do mundo. Obrigado por ter assumido uma posição para todos os nossos filhos e filhas. Vamos começar.

Capítulo 1

A CRISE ATUAL

Dentre todos os males pelos quais o homem foi responsável, nenhum é tão degradante, tão chocante e tão brutal quanto a violência que ele comete contra a melhor metade da humanidade: o sexo feminino.

Mahatma Gandhi

As meninas gritavam por socorro, mas ninguém parecia se preocupar. Afinal, elas eram apenas adolescentes órfãs. Sem nenhum valor. Encrenqueiras. Sujas. Descartáveis. Eram esses os rótulos que lhes foram dados por seus supostos cuidadores.

É claro que esses rótulos não eram adequados. Na verdade, as meninas tinham muito mais valor. Eram preciosas. Amadas. Queridas. Escolhidas. Adotadas. São esses os rótulos que Deus escolhera para elas, mas, aparentemente, os criminosos corruptos que dirigiam o orfanato pouco se importavam com o que Deus dizia.

As próprias pessoas que deveriam proteger aquelas meninas preciosas as prostituíram. Quarenta adolescentes em um orfanato administrado pelo governo eram violentadas, estupradas e tinham de atrair outras meninas à prostituição todos os dias. Por mais repulsivo e inimaginável que fosse, essa não era a parte mais chocante da história. As meninas gritavam pedindo socorro enquanto estavam prestes a morrer queimadas.

Não se trata do enredo de um filme de terror. Não se trata de uma situação que ocorreu cem anos atrás. Ocorreu em 2017 em um lugar onde estive com frequência. O voo de Atlanta até lá é mais curto que voar de Atlanta para Los Angeles.

Os detalhes dessa história são horríveis, medonhos e malignos: 40 meninas sob os cuidados do governo eram estupradas sistematicamente e abandonadas para morrer em uma fogueira horripilante. Talvez você pense que essa seria a principal notícia do dia inteiro durante meses seguidos, mas é bem provável que nunca tenha ouvido falar dela até hoje. Na verdade, com exceção de uma série de artigos publicados pelo *New York Times*, poucos veículos de comunicação de grande porte dos Estados Unidos cobriram a história.[1]

Quando eu soube que essas meninas preciosas estavam sendo tratadas como materiais descartáveis, senti-me enojado, chocado, indignado e com o coração partido. Foi um instante de despertamento pessoal para mim, e eu sabia que precisava agir mais para fazer parte da solução. Queria proporcionar proteção à próxima geração de mulheres em meu bairro e ao redor do mundo.

A tragédia relatada ocorreu na Guatemala e atingiu-me em cheio. Eu viajava àquele país com frequência com um grupo da igreja, porque ajudávamos a manter um orfanato cristão de lá chamado Casa Shalom. Há uma crise de órfãos na Guatemala que se complicou em razão de uma guerra civil prolongada, de assassinatos alimentados por violentos cartéis de drogas

---

[1] WIRTZ, Nic; AHMED, Azam. Before Fatal Fire, Trouble Abounded at Guatemala Children's Home. **New York Times**, 8 mar. 2017. Disponível em: <https://www.un.org/sustainabledevelopment/blog/2016/12/report-majority-of-trafficking-victims-are-women-and-girls-one-third-children/>.

e também da falta de um sistema de adoção ou de adoções externas. É grande o número de órfãs, e elas se tornam presas desprotegidas de traficantes de seres humanos pervertidos, gigolôs e violentadores de crianças.

Não é pelo fato de essa tragédia ter ocorrido fora das fronteiras de meu país que devo me sentir menos indignado do que se tivesse ocorrido na casa ao lado da minha. Deus chamou-nos para uma fé sem fronteiras. Foi o dr. Martin Luther King Jr. que fez esta declaração emocionante: "A injustiça em qualquer lugar é uma ameaça à justiça em todos os lugares". Vou parafrasear o dr. King, dizendo que "desrespeitar as mulheres em qualquer lugar é desrespeitar as mulheres em todos os lugares".

Todos nós precisamos nos conscientizar da atual crise que está impactando as mulheres de nossas comunidades, mas precisamos ter também uma conscientização global mais abrangente. Orfanatos como a Casa Shalom estão trabalhando para mudar o mundo das crianças vulneráveis sob seus cuidados. Muitas já sofreram abusos terríveis, porém o pessoal do orfanato mostra a essas crianças o amor de Jesus, que é mais poderoso que toda a ruptura do mundo. É um lugar maravilhoso, estimulante, onde as crianças são curadas de feridas muito profundas e descobrem uma vez mais as simples alegrias da infância. A Casa Shalom é um lugar onde as crianças se sentem amadas e seguras e, por conseguinte, conseguem voltar a ser crianças.

Na Casa Shalom, eu dou risada, eu choro. Ouço histórias angustiantes, mas também histórias lindas e inspiradoras. Já perdi feio quando joguei futebol contra o time dos meninos. Divirto-me com as meninas quando tento me comunicar com meu espanhol de gringo. Sentado na encosta do monte, admiro o pôr do sol atrás de uma montanha vulcânica distante, vendo, ao mesmo tempo, aquelas crianças preciosas rindo, brincando e cantando em um dos lugares mais bonitos que conheci. Parece um lugar onde o céu e a terra se encontram e se beijam.

Durante as visitas à Casa Shalom, eu me apaixonei não apenas pelas crianças do orfanato, mas também pelo belo país da Guatemala como um todo, com seus belos habitantes. Infelizmente, nem todos os orfanatos são seguros e oferecem amor como a Casa Shalom. Algumas instituições administradas pelo governo tornaram-se esgotos de corrupção e abuso, como mostrou aquela trágica história do fogo. Quando eu soube que as 40 meninas morreram, visualizei imediatamente o nome e o rosto de cada uma das meninas da Casa Shalom que viveram circunstâncias semelhantes. Meu coração condoeu-se.

Não estou contando esta história no início do livro para dar um tom melodramático a ele. Não estou tentando pintar um quadro triste ou desanimador com referência ao atual estado de coisas. Ao contrário, quero que tomemos uma atitude e sejamos exemplos de uma fé sem fronteiras para levar cura, esperança e respeito às mulheres e meninas ao redor do mundo. Quero que, juntos, tornemos nossos filhos poderosos, para que façam parte da solução em uma escala global.

Cada um de nós está diante de uma encruzilhada muito importante. Temos uma oportunidade sem precedentes ao nosso alcance. Essa oportunidade representa uma chance de corrigir um erro que existe em todas as culturas do mundo desde o início da história da humanidade. E o erro pode terminar em nossa geração e dar início a uma nova era para impactar e aperfeiçoar quase todos os aspectos da vida na terra.

Sei que você deve estar pensando. *Este foi o parágrafo mais melodramático que li em toda a minha vida!*

Só para deixar claro, eu também acharia estranho, porque, se lesse um parágrafo como esse, seria tão cético quanto você. Imaginaria que alguém estivesse se aprontando para vender-me um *timeshare*[2] caríssimo ou convencer-me a seguir a religião dele e bater de porta em porta para ajudá-lo a cobrir sua cota mensal de convertidos. Somos condicionados a ser céticos sempre que vemos uma linguagem exagerada, porque quase sempre ela é empregada como ferramenta de comerciantes ou políticos que usam hipérboles para tentar nos convencer a entrar no jogo deles, mas, aparentemente, suas palavras exageradas nunca correspondem à realidade.

Acredito firmemente que a situação descrita neste livro é um pouco diferente. Primeiro, não sou comerciante nem político. Não estou pedindo seu voto nem pedindo que compre alguma coisa (com exceção deste livro, e presumo que já o comprou, e agradeço porque tenho quatro filhos que futuramente cursarão a faculdade). A oportunidade a que me refiro é algo que não me traz vantagem direta, a não ser a vantagem coletiva de viver em um mundo onde esse problema será corrigido.

Vou, portanto, direto ao assunto. A oportunidade diante de nós é perceber que temos o potencial, pela primeira vez na história da humanidade, de criar um mundo no qual as meninas e as mulheres possam sentir que recebem respeito igual e oportunidades iguais aos dos homens e dos sistemas culturais em geral. Não estou falando apenas de prevenir futuras histórias de fogo em orfanatos (embora isso seja importante também, claro). Estou falando de mudar o clima inteiro de

---

[2] Sistema de propriedade que permite ao cliente comprar determinado período de tempo (uma semana ou mais) em alojamentos de férias, hotéis ou *resorts*. [N. do T.]

desrespeito às mulheres e meninas, que existe de várias formas desde os primórdios da civilização humana.

A onda de mudanças foi construída, e agora estamos diante de uma encruzilhada de definição. Todos nós temos uma função importante a realizar para garantir que a próxima geração seja a primeira a experimentar respeito igual e oportunidades iguais, e um dos segredos importantes dessa equação é que os pais eduquem meninos que respeitem meninas.

Esse pode parecer um método extremamente simplista para resolver uma questão incrivelmente complexa, mas o método que proponho não é tão simples quanto aparenta ser na superfície. Vai desafiar nossos princípios profundamente arraigados, interpretações errôneas e comuns da Escritura e tendências invisíveis que vivem o tempo todo em nossos pontos cegos. Se nos dispusermos a seguir essa jornada, ela poderá transformar nosso coração, nossos lares e nossas esferas de influência. Se muitos de nós fizermos esse trabalho juntos, teremos condição de mudar o mundo. Falo sério.

O chamado ao despertamento

> Ame e respeite as mulheres. Recorra a elas não apenas em busca de conforto, mas também em busca de força e inspiração e para que suas faculdades intelectuais e morais sejam duplicadas. Apague da mente qualquer ideia de superioridade; você não tem nenhuma.
>
> GIUSEPPE MAZZINI

Nossa realidade atual marca um tempo único na História. Vivemos um despertamento coletivo no que se refere ao sexismo.

Fico tão chocado e desanimado quanto qualquer pessoa quando acompanho os noticiários e vejo que alguns de meus grandes heróis da infância transformaram-se em estupradores em série. Nos efeitos posteriores do movimento #MeToo,[3] não param de chegar revelações e acusações. Homens ilustres da indústria do entretenimento, da política, de igrejas, de empresas e de todos os outros setores da vida têm sido expostos como molestadores sexuais, misóginos e mulherengos.

Meus quatro filhos estão crescendo nesse clima. Assistem aos noticiários. Veem histórias e batem papo *on-line*. Aproximam-se de mim com perguntas, e quero desesperadamente acertar. Quero dar-lhes as ferramentas, as respostas e os exemplos de que necessitam a fim de que sejam homens que se respeitem e que respeitem totalmente as mulheres. Se eu criar filhos que sejam bem-sucedidos exteriormente de todas as maneiras possíveis, mas que desrespeitem as mulheres, poderei dizer que falhei como pai.

Educar meninos que respeitem meninas é uma missão que compartilho com Ashley, minha admirável esposa. Recentemente, enquanto ela e eu assistíamos aos noticiários juntos e vimos uma nova história, senti uma raiva justa crescendo dentro de mim. Ashley expressou em voz alta o que meu coração sentia e declarou com emoção: "Como mãe, não posso imaginar nada mais doloroso que pensar que nossos filhos serão homens que abusarão das mulheres, usarão as mulheres ou serão vulgares com as mulheres".

---

[3] Movimento cuja tradução livre é #EuTambém, que mobilizou pessoas a quebrarem o silêncio contra os abusadores. Surgiu em forma de *hashtag* nas redes sociais e logo ganhou fama ao ser adotado por celebridades de Hollywood. [N. do T.]

Para mim, suas palavras soaram semelhantes a um para-raios e trouxeram luz a uma área da qual antes eu sentia apenas raiva e frustração. Assim como o fogo no orfanato, a declaração de Ashley tornou-se um momento marcante nesta jornada. Agora, quando vejo essas histórias trágicas nos noticiários ou ouço detalhes de outra menina ou mulher sendo abusada, maltratada ou desrespeitada, em vez de sentir apenas raiva ou desespero, sinto motivação para fazer parte da mudança.

Como pais, podemos ajudar a próxima geração de homens a aprender a respeitar, proteger e defender a próxima geração de mulheres. É nossa obrigação. Menos que isso é inaceitável. O ciclo de maus-tratos pode e deve terminar de uma vez por todas com a ajuda da nossa geração. Quero que os meus filhos se tornem adultos que protejam e respeitem as mulheres. Quero que façam o possível para criar um mundo no qual todas as mulheres e meninas se sentirão seguras, portanto necessito fazer o possível como pai para proporcionar-lhes as verdades e as ferramentas certas.

> Como pais, podemos ajudar a próxima geração de homens a aprender a respeitar, proteger e defender a próxima geração de mulheres.

Gostaria de pensar que nosso mundo segue na direção certa. Na superfície, tem havido muito progresso para as mulheres no mundo inteiro. Certamente, há algumas boas notícias nessa narrativa contínua; porém, a situação é, de várias maneiras, muito mais desencorajadora que antes.

Este livro terá muitos momentos edificantes e inspiradores. Haverá até muito humor e um pouco de diversão, mas, aqui no começo, precisamos abordar diretamente as más notícias.

Vou expor mais adiante, ao longo do livro, algumas estatísticas tristes, mas, por ora, temos de dar uma olhada no panorama realista da crise que estamos enfrentando, para caminharmos com mais clareza:

- A violência contra as mulheres e a escravidão das mulheres (especialmente por meio de tráfico humano de trabalhadoras domésticas e escravas sexuais) estão em alta o tempo todo. Nunca houve um período da História do mundo no qual as mulheres foram tão escravizadas quanto agora. Mais de 70% de todas as pessoas submetidas à escravidão nos dias de hoje são mulheres.[4]
- Muitas meninas enredadas na escravidão sexual têm idade entre 9 e 17 anos. Essas meninas menores de idade são sequestradas, surradas e abusadas por gigolôs e forçadas a ter relações sexuais com até 60 homens por dia, apenas em troca de um prato de comida e de uma cama para dormir.[5]
- Uma das causas principais de morte entre mulheres de 16 e 45 anos é homicídio cometido pelo marido ou namorado. No caso de homens assassinados por mulheres, o índice cai para um décimo. Na fase do namoro, o maior medo dos homens é quase sempre a rejeição, ao passo que as mulheres temem por segurança física e até pela própria vida.[6]

---

[4] Report: Majority of Trafficking Victims Are Women and Girls; One-Third Children. **UN News**, 21 dez. 2016. Disponível em: <https://news.un.org/en/story/2016/12/548302-majority-trafficking-victims-are-women-and-girls-one-third-children-new-un>.
[5] Majority of Trafficking Victims. **UN News**.
[6] Statistics. National Coalition Against Domestic Violence (NCADV). Disponível em: <https://ncadv.org/statistics>.

- Aproximadamente 70% das mulheres vítimas de abuso sexual nunca relatam o fato por medo de serem desacreditadas.[7]
- Em uma pesquisa recente, 30% dos universitários que se identificaram como respeitadores de mulheres também admitiram que seriam capazes de estuprar uma mulher se soubessem que não seriam pegos.[8]
- Mais de 17 milhões de dólares do dinheiro dos contribuintes têm sido usados para resolver processos de assédio sexual contra os membros do sexo masculino do Congresso dos Estados Unidos que assediam sexualmente as funcionárias daquela instituição.[9]
- Mais de 200 milhões de mulheres e meninas do mundo inteiro são vítimas de mutilação da genitália. Trata-se de uma violência terrível e dolorosa que remove cirurgicamente a genitália feminina ou altera o clitóris e/ou vagina, para insensibilizar a sensação sexual. Essa prática bárbara e misógina tem a finalidade de manter as mulheres sexualmente puras e subservientes ao marido. O ritual torturante é, em geral, executado por uma pessoa sem nenhum treinamento médico e em ambientes imundos. Muitas meninas morrem em razão de procedimentos malfeitos.[10]

---

[7] CAMPOAMOR, Danielle. Ariana Grande Reminds Us Women Have No Safe Place in America. **CNN**, 4 set. 2018. Disponível em: <https://www.cnn.com/2018/09/03/opinions/ariana-grande-aretha-franklin-funeral-campoamor/index.html>.

[8] KINGKADE, Tyler. Nearly One-Third of College Men in Study Say They Would Commit Rape. **HuffPost**, 9 jan. 2015. Disponível em: <https://www.huffingtonpost.com/2015/01/09/college-men-commit-rape-study_n_6445510.html>.

[9] LEE, M. J.; SERFATY, Sunlen; SUMMERS, Juana. Congress Paid Out $17 Million in Settlements. Here's Why We Know So Little About That Money. **CNN**, 16 nov. 2017. Disponível em: <https://www.cnn.com/2017/11/16/politics/settlements-congress-sexual-harassment/index.html>.

[10] KRUPA, Michelle. The Alarming Rise of Female Genital Mutilation in America. **CNN**, atualização em 14 jul. 2017. Disponível em: <https://www.cnn.com/2017/05/11/health/female-genital-mutilation-fgm-explainer-trnd/index.html>.

- Um terço das meninas no mundo desenvolvido casam antes de completar 18 anos. Uma entre nove casa antes de completar 15 anos. Muitos desses casamentos com homens bem mais velhos são casamentos forçados e, em geral, polígamos.[11]
- No mínimo, uma entre cinco mulheres será vítima de violência sexual na vida, e mais de 50% das mulheres serão vítimas de alguma forma de assédio sexual.[12]
- As mulheres são vítimas de violência física doméstica em um índice quase dez vezes mais alto que as vítimas do sexo masculino.[13]
- Setenta por cento dos meninos adolescentes e dos homens veem pornografia com regularidade, e quase metade de todos os meninos adolescentes e homens mostram sinais de dependência da pornografia. A crise da dependência da pornografia está produzindo repercussões negativas em massa, conforme discutiremos em um capítulo posterior.[14]
- Tanto na escola como nos ambientes de trabalho, as mulheres e as moças têm, em geral, suas falas mais interrompidas que os homens. Também recebem quantidade desproporcional de trabalho nos projetos em grupo. E recebem salário menor que os colegas do sexo masculino que ocupam a mesma posição.[15]
- Em média, a criança é exposta a aproximadamente 14 mil referências sexuais por ano pela televisão. As referências sexuais

---

[11] Child Marriage Around the World. **International Center for Research on Women** (ICRW). Disponível em: <https://www.icrw.org/child-marriage-facts-and-figures/>.

[12] Sexual Assault Statistics. **National Sexual Violence Resource Center** (NSVRC). Disponível em: <https://www.nsvrc.org/statistics>.

[13] Sexual Assault Statistics. **NSVRC**.

[14] The Most Up-to-Date Pornography Statistics. **Covenant Eyes**. Disponível em: <www.covenanteyes.com/pornstats>.

[15] 25 Discrimination Against Women in the Workplace Statistics. **Brandon Gaille**, 29 mai. 2017. Disponível em: <https://brandongaille.com/23-discrimination-against-women-in-the-workplace-statistics/>.

na televisão e nas propagandas exibem nudez ou nudez parcial das mulheres em uma proporção quase dez vezes maior que os homens que aparecem nus ou parcialmente nus.[16]

- Cem por cento de nossos filhos meninos se tornarão parte do problema ou parte da solução na idade adulta.
- Cem por cento dos pais são responsáveis por garantir que essas estatísticas sejam diferentes na próxima geração. Essa diferença começará com a maneira pela qual vivemos e como ensinamos os nossos filhos.

Por mais chocantes que sejam, essas estatísticas não contam a história inteira. Não há estatística para descrever a sensação repulsiva de uma jovem quando se torna objeto da estupidez indesejada de um homem. Não há estatística para medir o quanto uma mulher se sente violada quando sua *selfie* postada nas redes sociais é avaliada de 1 a 10 ou legendada com insinuações sexuais por curiosos mal-intencionados do outro lado da tela de um celular. Não há estatísticas para informar quantos homens dissimulados transformam as mulheres em objetos ou as maltratam de formas sutis e, ao mesmo tempo, mantêm a fama de respeitadores de mulheres.

Essas estatísticas não contam as numerosas histórias de indivíduos e instituições que defendem as mulheres exteriormente, mas as maltratam e abusam delas secretamente. Uma das histórias mais chocantes dos noticiários nos últimos anos expôs a suposta organização que empodera as mulheres, cujo nome é NXIVM (pronuncia-se "Nexium"), que atrai mulheres jovens sob o disfarce de dar-lhes poder, mas, na verdade, as

---

[16] Media Literacy. **Teen Health and the Media**. Disponível em: <https://depts.washington.edu/thmedia/view.cgi?section=medialiteracy&page=fastfacts>.

manipulam e molestam. As vítimas dessa seita sexista eram, na maioria, mulheres ricas, inteligentes e com alto nível de escolaridade. O líder da organização era uma voz que apoiava as mulheres publicamente, mas, no fundo, usava sua influência e a organização com ares de seita para construir um harém de escravas sexuais pessoais, chegando até a marcar algumas mulheres com suas iniciais como se fossem "propriedade" dele.[17] O exemplo da NXIVM é um caso extremo, mas há muitas outras histórias que nunca chegarão aos noticiários: histórias de homens presumivelmente respeitáveis que abusam da posição de poder que ocupam para maltratar mulheres.

Não quero criar os meus filhos para que um dia eles contribuam para essas estatísticas, histórias e práticas, todas terríveis. Não quero que eles se tornem um exemplo a mais dos comportamentos vergonhosos que temos visto em muitos líderes e celebridades. Não quero que meus meninos se tornem homens que respeitam as mulheres na superfície, mas alimentam um lado obscuro no qual comportamentos sinistros e sexistas como esses podem ocultar-se. Não quero que demonstrem respeito exterior e escondam vulgaridade interior, insidiosa, em relação às mulheres.

Quero que os meus filhos sejam homens íntegros. Quero que respeitem as mulheres. Quero que sejam homens dignos do respeito da futura esposa. Quero fazer parte de uma geração de pais que estão educando meninos que respeitam meninas. Imagino que você deseje o mesmo para os seus filhos e o

---

[17] HARVEY, Oliver; PARRY, Emma; BEAL, James; PARKER, Nick. Inside the Horror Sex Slave Cult NXIVM That Blackmailed, Starved, and Branded Women's Flesh with the Founder's Initials. **Sun**. Última atualização: 23 abr. 2018. Disponível em: <https://www.thesun.co.uk/news/6117325/inside-horror-sex-slave-cult-nxivm/>.

aplaudo por investir tempo e energia intencionalmente para fazer parte da solução. Nós, pais e educadores, temos muito mais influência do que supomos.

Um importante esclarecimento antes de prosseguir. Quero reafirmar a você que este livro não diz que os homens são maus nem que são completamente responsáveis pelos problemas do mundo. Este livro não intenta agredir os homens nem promove qualquer tipo de plataforma política. Também não pressupõe que os homens têm de ser sempre heróis e resgatadores e que as mulheres são vítimas indefesas. Este livro simplesmente nos chama a agir coletivamente para corrigir um dos maiores erros que o nosso mundo já conheceu. Mulheres e meninas estão sendo exploradas e maltratadas de várias maneiras no mundo inteiro, e os nossos filhos têm o poder de corrigir permanentemente esses erros se lhes proporcionarmos as ferramentas certas.

A realidade pode ser pior que as estatísticas

> *"Quando vejo todas essas coisas ruins nos noticiários sobre o que os homens fazem com as mulheres, e quando vejo o modo com que alguns colegas da escola tratam as meninas e falam sobre elas, às vezes fico envergonhado de ser menino."*
> AIDEN B. (14 anos)

É fácil ler as estatísticas que mencionei e quase passar por cima de sua importância. Para ajudar-nos a nos sentir melhor a respeito do mundo no qual vivemos, desenvolvemos uma predisposição mental de menosprezar as estatísticas negativas. Dizemos a nós mesmos que não podem ser tão negativas quanto os números sugerem. Todas essas notícias ruins destinam-se apenas a vender jornais, certo?

Infelizmente, no caso de violência sexual contra mulheres, há sinais que sugerem que as estatísticas omitem uma grande quantidade de crimes sexuais contra mulheres. Recentemente, houve uma forte reação nos noticiários sobre vítimas de agressão sexual que não denunciam os crimes imediatamente. As notícias dão a entender que, se a mulher não denunciar imediatamente o crime, as acusações não terão credibilidade.

Em resposta direta às pessoas que desmerecem essas vítimas corajosas que denunciam suas dolorosas experiências, há aquelas que mostram solidariedade ao tuitar suas histórias de abuso sexual não denunciado usando a *hashtag* #WhyIDidnt Report [#PorQueNãoDenunciei]. As histórias começaram a virar moda e viralizaram na internet com confissões corajosas de alunas, mães de subúrbio, acadêmicas e mulheres de todas as esferas da vida. Nessas vozes, havia líderes de ministério como Beth Moore, celebridades como a atriz Alyssa Milano, e Patti Davis, filha de Ronald Reagan.

Essas curtas histórias tuitadas são dolorosas, angustiantes, reveladoras, repulsivas e inspiradoras. Foi grande a minha emoção ao ler centenas desses relatos. Ao considerar a realidade de nossa situação atual, devemos considerar também o que muitas mulheres têm enfrentado e as circunstâncias que as levaram a manter silêncio.[18]

- "Eu tinha 16 anos. Menti sobre onde estava naquela noite. Bebi e era menor de idade. Já havia tido relações sexuais. Um promotor de justiça tentaria me fazer passar por uma adolescente promíscua que não respeita a lei nem os pais.

---

[18] Tuítes postados usando a *hashtag* #WhyIDidntReport, Twitter, 21-24 set. 2018.

Eu não sabia que ainda estaria tentando me curar vinte e três anos depois."[19]
- "Fui abusada sexualmente na infância e não sabia que era crime. Não sabia dizer o que estava acontecendo comigo. Quando cheguei à adolescência, o assédio sexual e a coerção de garotas e mulheres eram considerados fatos comuns, que não precisavam ser denunciados."[20]
- "Quando eu tinha 17 anos, durante o verão após a formatura no ensino médio, marquei um encontro. O cara me levou a uma casa, e cinco caras me estupraram. Tenho 72 anos, e é a primeira vez que falo do assunto. Fiquei com muita vergonha de denunciar."[21]
- "Fui molestada aos 8 anos pelo zelador da escola. Fiquei calada por medo. Aos 18 anos, dois meninos me estupraram numa festa. Eu estava bêbada e me culpei, senti vergonha. Meus pais nunca souberam. Contei às minhas filhas há cinco anos, quando eu tinha 60. Precisei de coragem para contar."[22]
- " 'O CDC [Centro de Controle e Prevenção de Doenças] estima que mais de 1 milhão de mulheres são estupradas a cada ano e somente 3% dos agressores são julgados', CEO de @YMCABrooklyn."[23]

Há outros milhares de mensagens como as que acabo de compartilhar, mas espero que essa pequena amostra descreva

---

[19] Ashley Massey (@IAmCardiganGirl), Twitter, 23 set. 2018. Disponível em: <https://twitter.com/IAmCardiganGirl/status/1043948936271187968>.
[20] Zeze (@CherylStrayed), Twitter, postagem retirada.
[21] Barbara Chapnick (@WhyNotBikeThere), Twitter, 24 set. 2018. Disponível em: <https://twitter.com/whynotbikethere/status/1044236004826079234>.
[22] Tertiary Person (@KayThird), Twitter, 23 set. 2018. Disponível em: <https://twitter.com/kaythird/status/1043953435039555584>.
[23] PPNYC Action Fund (@PPNYCAction), Twitter, 24 set. 2018. Disponível em: <https://twitter.com/PPNYCAction/status/1044249457737519105>.

a dor oculta que numerosas mulheres carregam. Espero também que essas estatísticas e histórias nos levem a agir. Não basta ter empatia pelas vítimas ou sentir pesar por elas; precisamos arregaçar as mangas e declarar: "Chega!". Precisamos ter certeza de que nossos filhos entendam a gravidade de suas escolhas. Precisamos lembrar que essas estatísticas e histórias representam mulheres verdadeiras cujas vidas foram irrevogavelmente feridas pela agressão sexual egoísta de homens que perderam o rumo.

Pessoas verdadeiras por trás das estatísticas e histórias

Talvez um dos motivos da falta de ação ou apatia em torno dessas estatísticas alarmantes seja simplesmente porque as consideramos apenas estatísticas. Não consideramos que esses números representam mulheres verdadeiras com nome e rosto. Mesmo quando identificamos uma vítima pelo nome, quase sempre achamos que seu valor está apenas ligado ao relacionamento dela com um homem. Poucas vezes ouvimos alguém dizer estas palavras a respeito de uma mulher vítima de violência ou desrespeito: "Que maldade! Ela tem pais. Tem irmã. Tem filhos".

É claro que as conexões relacionais representam uma parte vital de nossa condição humana, mas nossas boas intenções também revelam um padrão duplo. Raramente nos referimos a uma vítima do sexo masculino com a mesma linguagem. Quando adotamos padrões duplos como esse, mostramos uma forma de desrespeito. Baseamos o valor de uma mulher em seus relacionamentos com os homens, não no fato de que ela é uma alma eterna feita à imagem de Deus e que possui valor ilimitado como qualquer homem.

Talvez eu esteja sendo detalhista ou legalista demais no exemplo que acabo de apresentar, mas quero conscientizar-me de meus pontos cegos. O trabalho para pesquisar e escrever este livro foi doloroso, porque tive de enfrentar muitos aspectos da minha hipocrisia e cegueira nessas áreas. Grande foi minha decepção diante da realidade de algumas formas erradas de pensar que eu tinha. Nos capítulos à frente, contarei alguns detalhes íntimos e constrangedores de minha jornada.

Se você deseja que esta jornada seja totalmente útil e que os seus filhos compreendam todas essas verdades, haverá momentos desconfortáveis ao longo do caminho. Quando as coisas começarem a parecer estranhas ou desconfortáveis, peço, por favor, que tenha coragem de persistir. Prometo que o resultado final compensará grandemente as lutas. Em qualquer parte da vida, as grandes conquistas são precedidas de grandes barreiras.

No decorrer da jornada que me levou a escrever este livro, houve muitos momentos desconfortáveis que me tentaram a desistir. Algumas histórias eram tão amedrontadoras e chocantes que a ideia de mergulhar nelas me sufocava. Uma dessas histórias veio a ser um catalisador, que colocou fogo dentro de mim para completar este projeto. Tudo começou em uma viagem de carro, ouvindo um *podcast*.

Outra menina em outra fogueira

Ashley e eu passamos muito tempo dentro do carro, porque viajamos para falar de nosso ministério para casais e também para visitar a família e parentes em outros estados. Uma de nossas tradições durante as viagens é encontrar um bom *podcast* para nos ajudar a passar o tempo. Gostamos daquelas histórias que revelam mistérios não solucionados. Em nossa última viagem de carro, descobrimos o *podcast* bastante conhecido *Up and Vanished* [Subiu e desapareceu]. A primeira temporada do *podcast* relatava o caso arquivado de uma jovem desaparecida na Geórgia, chamada Tara Grinstead.[24]

O caso atraiu-nos imediatamente por ter ocorrido na Geórgia. Moramos na Geórgia durante dez anos, e os conhecidos sotaques sulinos dos habitantes da região que foram entrevistados fizeram-nos embarcar um uma viagem apaixonante e nostálgica nos caminhos da memória. A história em si também é cativante. No fim do primeiro episódio, já estávamos totalmente envolvidos e ansiosos por descobrir exatamente o que havia acontecido com Tara.

Em resumo, a história da vida de Tara Grinstead diz que ela era professora e rainha da beleza quando tinha perto de 30 anos de idade. Morava em uma cidadezinha ao sul de Atlanta, a uma distância de aproximadamente uma hora. Concorreu ao título de Miss Geórgia com pouco mais de 20 anos e depois tornou-se professora e coordenadora de concursos de beleza, ajudando e aconselhando as candidatas. Ela era uma professora bondosa, compassiva, responsável e atuava de modo vibrante na comunidade. Aparentemente todos a amavam e respeitavam.

Em um sábado que começou como qualquer outro, Tara foi a um concurso de beleza para dar apoio às moças que aconselhava. Após o fim do concurso, ela foi a um churrasco oferecido pelo diretor de sua escola, onde assistiu a um jogo de futebol da faculdade e passou o tempo com os colegas de trabalho. Saiu do churrasco e foi direto para casa. Sua ausência na sala

---

[24] Temporada 1, podcast, direção de Payne Lindsey e Donald Albright. Disponível em: <https://season1.upandvanished.com/>.

de aula na segunda-feira deixou os administradores da escola assustados. A polícia foi até a casa dela. Encontraram o carro de Tara, as chaves e o celular em sua casa, mas não havia sinais dela. A polícia deu início imediatamente a uma investigação e começou a vasculhar a área, mas ela havia desaparecido.

Em cada episódio do *podcast*, os investigadores entrevistaram pessoas que conheciam Tara e examinaram de novo as antigas pistas. Enquanto o *podcast* expunha os fatos em tempo real com episódios semanais, surgiu uma novidade. Assustados, Ashley e eu trocamos olhares ao ouvirmos a notícia no episódio 12 de que uma pessoa acabara de ser presa. Eu estava praticamente prendendo a respiração quando a gravação da entrevista coletiva dada pela Agência de Investigação da Geórgia começou e a família de Tara fez uma declaração.

Há muitos detalhes importantes na história de Tara que não especificarei aqui, mas vou chegar ao ponto do que aconteceu e por que estou registrando sua história neste livro. Enquanto eu o escrevia, o julgamento dos agressores de Tara não havia ocorrido. O que sabemos é que dois ex-alunos estavam envolvidos no desaparecimento dela. Ainda há incertezas em torno do motivo de seu assassinato, mas o que sabemos ao certo é que Tara foi morta e teve o corpo queimado para encobrir a prova do crime.

Os dois rapazes que queimaram o corpo de Tara faziam parte de um grupo maior de amigos que costumava reunir-se naquela área para festas em torno de uma fogueira. A prova do crime sugeria que todos esses outros amigos tinham conhecimento dos fatos e estavam no local quando o corpo de Tara foi queimado. O grupo manteve o segredo durante anos, até que uma revelação foi feita no caso e a verdade começou a aparecer.

Ouvi quase vinte quatro horas da história no *podcast* e, no final, senti que conhecia Tara. Senti-me parte do processo e oro para que a justiça seja feita para os crimes indescritíveis cometidos contra ela. Ainda sinto náuseas ao pensar no que ela sofreu.

Um dos aspectos mais perturbadores do caso inteiro foi o comportamento quase leviano dos homens envolvidos, que, sem dó nem piedade, queimaram o corpo dela e continuaram a viver normalmente. Um deles era filho de um político famoso da Geórgia e, aparentemente, valorizava mais a reputação da família que a vida de Tara.

Tara foi queimada como se fosse lixo. Foi usada e tratada como material descartável. Estava nua quando foi queimada, o que só serve para acrescentar que foi usada como objeto e claramente desrespeitada naquele crime horrível. Despiram-na de todo poder e de todas as roupas, mas o desrespeito deles não conseguiu despi-la de sua humanidade. A humanidade deles é que foi sacrificada naquelas chamas.

Continuo sem entender como alguém pode ser tão impiedoso e insensível quanto aquele grupo de amigos ao participar de tal crime. Até hoje não entendo por que e como conseguiram manter um segredo como esse. Como conseguiram assistir a um sofrimento tão atroz da família e seu desespero em busca de respostas? Como conseguiram sair para tomar cerveja juntos e andar por aí, agindo como se nada tivesse acontecido? Qual era o grau de desrespeito deles em relação às mulheres para executarem esse crime e mantê-lo em segredo?

Recuso-me a viver em um mundo no qual as mulheres são queimadas como lixo. Esses exemplos talvez sejam extremos e raros, mas a mentalidade sexista que leva alguém a cometer esses crimes bárbaros está se espalhando. Existe algo destruidor dentro do coração do ser humano para permitir que tais mentalidades destrutivas persistam. Quero fazer minha parte para pôr um fim a histórias como essa.

As mulheres merecem algo melhor. Os homens também. Tanto os homens quanto as mulheres perdem quando metade da raça humana é considerada objeto, maltratada e desvalorizada apenas por questão de gênero. Precisamos nos movimentar coletivamente e fazer mais. Precisamos ensinar um caminho melhor a nossos filhos. Precisamos criar um mundo mais seguro para nossas filhas.

Não permita, por favor, que essas histórias e estatísticas negativas roubem a sua esperança. Sei que é um começo sombrio para esta jornada, mas temos de saber qual é a intensidade verdadeira da escuridão antes de valorizar totalmente a luz. A verdade é que há esperança. Temos mais poder do que imaginamos para promover as mudanças necessárias. O restante deste livro explicará como dar os primeiros passos na direção certa.

> Tanto os homens quanto as mulheres perdem quando metade da raça humana é considerada como objeto, maltratada e desvalorizada apenas por questão de gênero.

Eu erro muitas vezes. Não sou o exemplo perfeito de que os meus filhos necessitam — e você também erra. Apesar de nossos melhores esforços e melhores intenções, nem sempre somos os modelos de comportamento de que nossos filhos necessitam. Felizmente, há um homem que fez tudo certo. Há um homem a quem nossos filhos podem olhar (e nós também) como exemplo perfeito. Quando seguimos o exemplo dele, sempre caminhamos na direção certa. Saberemos exatamente como no capítulo seguinte.

Nas próprias palavras das mulheres

"Quase todos os homens são bons. Quase todos os meninos são bons. Algumas maçãs podres estragam o pacote inteiro, o que não é justo. Acredito no que há de melhor nos homens e geralmente isso é correto."

INGRID K. (80 anos)

"Sinto-me respeitada quando os homens se esforçam para manter-se longe do pecado, não apenas com os olhos físicos, mas também quando lidam com equipamentos eletrônicos, vídeos e filmes. Hoje, a pureza sexual é um assunto tratado com leviandade por muitas pessoas — tanto homens quanto mulheres. Sou muito grata por ter um marido que se preocupa muito em manter os olhos longe do pecado."

BONNIE D. (55 anos)

"Sinto-me muito respeitada quando há sinceridade e decência. Também por ser protegida emocional e fisicamente em todas as situações."

CHRISTI B. (28 anos)

"É muito difícil entender os meus colegas de faculdade. Às vezes, agem como excelentes defensores das mulheres e, às vezes, como os maiores abusadores das mulheres... é difícil confiar neles."

JEWEL P. (19 anos)

Capítulo 2

JESUS, O RESPEITADOR DE MULHERES

Jesus Cristo elevou as mulheres acima da condição de meras escravas, meras ministras das paixões do homem; elevou-as por sua compaixão para serem ministras de Deus.

FLORENCE NIGHTINGALE

Sou uma pessoa privilegiada. Fui abençoado por ter sido criado em um lar no qual havia um pai amoroso que era, ao mesmo tempo, exemplo dos ideais positivos da masculinidade e completamente dedicado à minha mãe, ele a respeitava e a amava. Tenho também uma mãe extraordinária e amorosa que traz dentro de si as maiores forças da feminilidade, além de ser uma mulher digna do respeito de todos. Também sou grato por seu exemplo positivo e autêntico, mas sei que ter um bom exemplo em casa não é suficiente quando há muitas coisas em jogo. Nossa bússola deve apontar para o norte verdadeiro, não apenas vagamente na direção certa.

Parte do problema de ensinar lições certas para os nossos filhos sobre como respeitar as mulheres está em descobrir os exemplos corretos de comportamento para que eles os sigam. Atualmente, muitos homens que considerávamos mentores e exemplos de comportamento — pessoas que exibiam um padrão de comportamento e modo de vida que valiam a pena ser seguidos — passaram a ser os últimos neste mundo que devemos imitar. No entanto, mesmo que os retiremos do grupo, a verdade é que somos todos imperfeitos; nenhum de nós possui as qualificações necessárias.

Podemos não ter uma vida dupla nem estar envolvidos em um sórdido escândalo sexual, mas, como pais, ainda estamos longe de ser exemplos perfeitos de comportamento. Quero ser, e esforço-me muito para isso, mas sou também dolorosamente consciente de meus defeitos.

Nesta manhã, eu estava tentando reunir os meus filhos e conduzi-los à nossa *minivan* em um estacionamento lotado. Ao ver que cada um corria em uma direção diferente, gritei: "Se vocês não me acompanharem, vão seguir na direção errada!". Ri de mim mesmo depois de dizer essas palavras, porque, embora goste de pensar que sempre sou o exemplo perfeito para os meus filhos, costumo falhar em muitas ocasiões. Há muitas ocasiões em que me sinto perdido e sigo na direção errada por causa de minha insensatez, meu orgulho, pecado ou centenas de outras limitações. Quero ser o exemplo perfeito para eles na questão de respeitar as mulheres, mas sei perfeitamente que erro todos os dias.

Todos nós necessitamos de um padrão claro, coerente e perfeito para seguir. Se não sabemos onde o alvo está localizado, atiramos as flechas no escuro sem nunca ter certeza se acertamos ou erramos o alvo até que seja tarde demais. No entanto, se ninguém por perto de nós parece ter as qualificações necessárias, que exemplo podemos seguir quando até nossos melhores líderes perdem o rumo?

A boa notícia é que *há* um exemplo de comportamento claro e perfeito, digno de ser seguido: um homem que definiu impecavelmente o padrão. Ao longo deste livro, haverá muitas histórias e exemplos de mentores que, creio, são confiáveis nessa área, mas, para começar, quero destacar o único homem que é um exemplo perfeito. O apóstolo Paulo disse certa vez: "Tornem-se meus imitadores, como eu o sou de Cristo" (1Coríntios 11.1). Não quero que os meus filhos sigam meu exemplo, a menos que eu esteja seguindo o exemplo de Jesus. Se estivermos seguindo os passos de Jesus, estaremos sempre na direção certa.

> Não quero que os meus filhos sigam meu exemplo, a menos que eu esteja seguindo o exemplo de Jesus.

Seguindo o exemplo perfeito de Jesus

Jesus é o único modelo de comportamento que tive e que nunca falhou nem me decepcionou. Como mencionei antes, Jesus fez mais para elevar as mulheres que qualquer outra pessoa na História. Exerceu seu ministério aqui na terra em uma época em que, na hierarquia social, as mulheres eram colocadas entre os animais e os homens, mas Jesus elevou o *status* delas por meio de suas palavras, ações e seus milagres. A abordagem contracultural de Jesus em relação às mulheres foi considerada um dos aspectos mais radicais de seu ministério.

Ironicamente, a própria igreja que Jesus organizou é hoje considerada por muitos uma instituição com raízes repressivas quando se trata de respeitar as mulheres. Tanto dentro quanto fora da igreja, necessitamos de uma lição de História sobre o que Jesus realmente fez e ensinou.

O exemplo eterno dele continua a ser o nosso melhor paradigma.

Vamos fazer uma viagem ao Oriente Médio do século I, onde Jesus viveu e ensinou. Desligue por alguns momentos a sua mentalidade de século XXI e tente conectar-se com o povo que vivia nos tempos de Jesus. Precisamos entender a mentalidade da época, mas também entender o lugar. Vamos começar em Israel.

Tive o privilégio de viajar a Israel pela primeira vez em 2018 com um grupo de jovens influenciadores e pacificadores chamado Israel Collective. Foi uma experiência transformadora para mim. A viagem proporcionou um contexto vivo ao meu estudo da Bíblia. Antes, as palavras eram sempre em preto e branco, mas, hoje, quando leio as Escrituras, vejo tudo em três dimensões e em cores vivas, inclusive as paisagens e os sons.

Agora consigo ver os lugares descritos. Sei qual é o odor dos mercados de Jerusalém. Provei algumas comidas e alguns vinhos que os judeus apreciam desde as festas e festividades registradas no Antigo Testamento. Senti a brisa do mar soprando suavemente ao meu redor enquanto contemplava o pôr do sol no mar da Galileia. Estive dentro do sepulcro vazio no Jardim.

Viaje comigo a Israel por alguns instantes. Imagine-se no alto do monte das Bem-aventuranças onde Jesus pregou o Sermão do Monte. Imagine-se no meio da multidão quando Jesus ensinou algumas das palavras mais profundas que já foram proferidas.

O carpinteiro que virou rabino não fez viagens longínquas durante a sua vida aqui na terra. Na época, não havia as conveniências que hoje consideramos normais. Ele nunca teve ar condicionado à sua disposição. Nunca viu uma televisão, um carro ou um avião. Seus meios mais avançados de transporte eram um pequeno barco pesqueiro ou o lombo de um jumento. Do alto do monte onde pregou o sermão, ele via o mar e os povoados onde passou 90% de sua vida e seu ministério.

A sabedoria que ele ensinou não procedeu de suas viagens, porque ele não esteve em nenhum lugar diferente. A sabedoria não procedeu de seus pais, porque eles eram camponeses simples, iletrados. A sabedoria não procedeu da internet, porque a Siri e o Google ainda não existiam. Não, essa sabedoria procedeu de Deus, somente de Deus.

Jesus ensinava com autoridade. Ensinava com paixão e com compaixão. Ninguém ensinou ou viveu como Jesus, nem antes nem depois dele.

Após apresentar as famosas Bem-aventuranças, Jesus disse à multidão que eles eram o sal da terra e semelhantes a uma cidade construída sobre um monte. Posso vê-lo apontando para o alto do monte a que distância a luz de uma cidade iluminava o céu. Jesus deu exemplos usando as flores e os passarinhos, sem dúvida gesticulando para mostrá-los.

Ele usou o mundo por ele criado para ajudar as pessoas que ele criou a entender por que foram criadas.

Enquanto a multidão ouvia com atenção cada palavra, Jesus, o professor e mestre, mudou o rumo de seu sermão de modo repentino e intencional. Começou a citar as leis do Antigo Testamento tão conhecidas de seus ouvintes. Ele, porém, não lhes estava ministrando um curso de reciclagem; estava mudando toda a mentalidade do povo.

Jesus disse-lhes que a Lei não permitia que se cometesse homicídio, mas agora estava dizendo que a Lei era o início da partida, não o fim do jogo. Na verdade, o simples fato de guardar raiva de alguém era o mesmo que cometer homicídio na mente e no coração. Se você não cometeu homicídio, ficará longe da prisão, mas poderá ficar trancafiado na prisão de seu coração. A Lei, Jesus revelou, não tratava apenas de modificar o comportamento. Estava ali para ser uma forma de rodinhas de treinamento para o nosso coração, como as usadas para aprender a andar de bicicleta. A Lei mantinha-nos no caminho certo para não estragarmos nossa vida, mas seu propósito principal era nos mostrar nossa necessidade de um Salvador que pode promover uma transformação verdadeira e duradoura no coração. Nosso comportamento modificado e a autodisciplina nunca tiveram o poder de nos salvar ou nos mudar, mas Jesus tem esse poder.

A seguir, Jesus, o grande respeitador das mulheres, pega esse ensino radical e deixa seus ouvintes chocados. Lembrou-lhes que cometer adultério era pecado, mas agora está ensinando que o verdadeiro padrão de pureza e respeito pelas mulheres significava até mesmo não olhar para elas com luxúria. Ensinou que o que se passa em nossa mente causa impacto em nosso coração e, consequentemente, em nossos relacionamentos.

Evitar contato físico extraconjugal era uma parte importante da equação, mas Jesus apresenta a verdade solene de que o pecado cometido na mente pode ser tão destruidor quanto o pecado cometido em um quarto. Aonde nossos olhos vão, nossa alma os acompanha.

Jesus estava falando a uma multidão que não tinha acesso a imagens carregadas de sexo como temos hoje. A maioria das mulheres cobria-se de roupas largas e lenços na cabeça. Não havia propagandas de *lingerie* e produtos de beleza na televisão. Não havia piscinas onde basta olhar ao redor para ver mulheres de biquíni. Não havia calças justas mostrando as formas do corpo de uma mulher. E certamente não havia pornografia, mas, ainda assim, havia luxúria.

Jesus estava ensinando a multidão, e nos ensinando, que as mulheres não devem ser olhadas como objetos para satisfazer fantasias sexuais pecaminosas. As filhas de Deus não devem ser olhadas como um corpo a ser usado, mas como uma alma a ser acalentada e um ser humano a ser respeitado. Não podemos dizer que respeitamos as mulheres quando temos um harém à disposição povoando nossa imaginação de orgias mentais.

Uma das dinâmicas mais complicadas de educar meninos que respeitam meninas é ensinar aos meninos que Deus os criou para que seus olhos sintam atração pela aparência física das mulheres, mas, se não se controlarem, os apetites visuais poderão distorcer seus pensamentos e, em vez de respeitá-las, as tratarão como objeto. Essa é uma das lições mais importantes que devemos ensinar aos nossos filhos. É também uma das lições mais difíceis para eles; porém, em prática, é uma luta constante para a maioria dos homens. Mas Jesus, no decorrer de sua vida, ensinou aos homens como respeitar as mulheres em vez de cobiçá-las. Chego até a dizer que Jesus ensinou aos homens como olhar para as mulheres. Não temos, claro, fotografias nem vídeos mostrando como Jesus interagia com as mulheres, mas os Evangelhos pintam um quadro vívido. Com base no contexto histórico, podemos ter uma boa visão de como Jesus olhava para as mulheres. Olhava para elas com compaixão, interesse genuíno e graça.

Na época de Jesus, é provável que muitas mulheres nunca tivessem sido olhadas dessa maneira. O contexto histórico nos revela que as mulheres eram quase sempre vistas pelos homens de três modos negativos: com desejo, com desconfiança ou com aversão. Vamos explicá-los de forma breve.

O modo "desejo" é consideravelmente autoexplicativo e algo que as mulheres em todas as culturas e em todos os tempos vivenciaram. Na época de Jesus, as influências grega e romana haviam trazido práticas pagãs, que tornaram normal a prostituição. Até mesmo a relação sexual com prostitutas do templo era considerada ato de adoração. Suponho que era uma grande vantagem para os homens dizerem que podiam adorar e participar de uma orgia com prostitutas, mas isso não fazia parte do plano de Deus.

Jesus quis deixar claro que o plano de Deus para o sexo estava especificamente dentro do contexto de um casamento monogâmico e duradouro. Mais tarde, o apóstolo Paulo aprofundou-se mais nesse ensinamento ao lembrar aos seguidores de Cristo que relação sexual significa tornar-se "um" com a outra pessoa de forma sagrada e que nunca devemos nos tornar um com prostitutas, porque essa prática desumaniza e desrespeita todas as pessoas envolvidas e substitui amor por desejo.

A mensagem de Jesus girava sempre em torno do amor, e a Bíblia sempre mostra como o amor é o oposto do desejo sexual. O respeito pelas mulheres e o desejo pelas mulheres não podem coexistir na mesma mente. Devemos decidir, todos os dias, que caminho seguir.

Como exemplo do modo "desconfiança", podemos citar o fato de que os testemunhos das mulheres não eram considerados válidos nos tribunais na época de Jesus. Havia indiferença e desconfiança coletivas em relação aos pontos de vista, às opiniões e até aos relatos de testemunhas oculares do sexo feminino. Jesus mudou de várias maneiras essa ideia misógina e sexista. Passou muito tempo dialogando com as mulheres, algumas das quais não eram sequer notadas pelos homens, muito menos conversavam com eles. Os Evangelhos chegam a relatar que foram as mulheres as primeiras a encontrar o sepulcro vazio.

O modo "aversão" da época de Jesus era talvez a mentalidade mais desrespeitosa de todas, pois colocava as mulheres à margem da sociedade e estigmatizava algumas funções normais da vida da mulher, como o ciclo menstrual. O fluxo sanguíneo tornava as pessoas cerimonialmente impuras, significando que a mulher não podia participar de cultos públicos e de muitos outros aspectos da vida pública. Durante uma semana por mês, a menstruação proibia a mulher das mais básicas liberdades.

Jesus curou uma mulher que sofria havia doze anos de um mal que a Bíblia descreve como "hemorragia". Desconhecemos as exatas circunstâncias, mas as Escrituras dão a entender que ela padecia de uma forma grave de endometriose ou de uma condição semelhante que provocava um sangramento constante e criava problemas físicos, financeiros, emocionais e relacionais inimagináveis. Com um toque, Jesus libertou-a da enfermidade e de todos os estigmas que a acompanhavam.

Há numerosos exemplos nos Evangelhos nos quais Jesus mostrou respeito profundo pelas mulheres de todas as esferas da vida, desde camponesas e prostitutas até parentes e mulheres da realeza. Algumas das homenagens mais comoventes de Jesus às mulheres são encontradas em suas interações com Maria, sua mãe.

O respeito de Jesus por sua mãe foi um tema contínuo de toda a sua vida e de todo o seu ministério. O primeiro milagre de Jesus e sua entrada no ministério público foram realizados por um ato de respeito à sua mãe, que lhe pediu que ajudasse um casal de noivos prestes a enfrentar a vergonha social da falta de vinho para ser servido no casamento. Jesus realizou o milagre de transformar a água em vinho a pedido da mãe.

Um dos últimos atos de Jesus antes de sua morte e ressurreição foi uma homenagem comovente à sua mãe. Do alto da cruz, ele fitou os olhos pesarosos dela e depois olhou para João, seu amigo e discípulo. Disse a Maria que considerasse João como um filho e disse a João que cuidasse de Maria como se fosse sua mãe. Na cultura da época, a família era o único meio de sustento social para as viúvas, e Maria era viúva quando Jesus foi crucificado. Jesus quis ter certeza de que alguém cuidaria de sua mãe. Deixou bem claro que a amava e a respeitava.

Talvez o melhor resumo desse assunto tenha sido feito pelo famoso teólogo dr. Wayne Grudem em seu livro *Evangelical Feminism and Biblical Truth* [Feminismo evangélico e verdade bíblica]. O dr. Grudem interpreta meticulosamente a Escritura e compara suas descobertas com as obras de outros estudiosos da Bíblia e com as tendências oscilantes da opinião pública. A pesquisa do dr. Grudem convenceu-o de que Jesus nunca rebaixou os homens ou o mandado bíblico e único de serem líderes servos. Jesus elevou os homens. Mas, tão importante quanto elevar os homens, Jesus também elevou as mulheres. O dr. Grudem explica:

> O quadro geral, no entanto, é que Jesus tratou as mulheres como iguais [aos homens] de uma forma surpreendente para a cultura do século I. Devemos ser gratos por Jesus ter respeitado as mulheres e as tratado como pessoas da mesma forma que tratava os homens. Jesus conversava publicamente com mulheres, o que causou espanto aos discípulos

(v. João 4.1-27), ensinou as mulheres (v. Lucas 10.38-42; João 4.7-26; 11.21-27), permitiu que mulheres fizessem parte do grupo de discípulos que viajavam com ele (v. Lucas 8.1-3), aceitou apoio financeiro e o ministério delas (v. Marcos 15.40,41; Lucas 8.3) e usou as mulheres, bem como os homens, como exemplos de ensinamento (v. Marcos 12.41-44; Lucas 15.8-10; 18.1-8). Assim, Jesus estabeleceu um padrão de comportamento que desafiaria para sempre todas as culturas que tratavam as mulheres como cidadãs de segunda classe, porque, sem dúvida, tal padrão desafiou e censurou a cultura da época de Jesus.[1]

Os Evangelhos são um mapa rodoviário para respeitar as mulheres

Em todas as obras escritas de literatura, ciências e religião, nunca houve documentos que trouxeram mais liberdade e respeito às mulheres que os Evangelhos de Jesus Cristo. Os quatro livros bíblicos de Mateus, Marcos, Lucas e João são conhecidos como Evangelhos, uma palavra que significa simplesmente "boas-novas". Esses quatro livros registram a vida e os ensinamentos de Jesus e incluem boas-novas para toda a humanidade — e para as mulheres em particular.

Logo nas primeiras linhas do primeiro Evangelho, Mateus registra a genealogia de Jesus. O leitor nota imediatamente que não se trata de uma história tradicional, porque a genealogia em si não é nem um pouco tradicional. Nas culturas antigas que registravam os manuscritos tradicionais, as genealogias mencionavam apenas homens. Era como se as mulheres não

---
[1] Wheaton, IL: Crossway, 2004. p. 161.

tivessem participação nenhuma na história e não contribuíssem em nada para a descendência em termos genéticos.

Nessas culturas, esperava-se que as mulheres permanecessem em silêncio, mas, desde o início da história de Jesus, ele deu voz às mulheres e as colocou em lugar de honra. Nas listas de nomes e gerações, Mateus rompeu com a lista tradicional de pais e começou a destacar algumas mães. Chegou até a destacar mães com passado escandaloso, como Raabe, que foi prostituta antes de crer em Deus.

Antes mesmo de o nascimento de Jesus ter sido anunciado na Escritura, a vida e o ministério de Jesus foram colocados no contexto de mulheres heroínas. O mundo poderia ter definido mulheres como Raabe em termos de sexo ou pecado, mas Deus definiu-as por sua fé e escolheu usar essas heroínas extraordinárias para serem uma parte honrosa do alicerce sobre o qual Jesus edificaria seu Reino. Desde Raabe, a ancestral de Jesus, até Maria, a mãe de Jesus, a lista dos primeiros heróis dos Evangelhos incluiu mulheres.

> Os evangelhos são a história de Jesus, mas é impossível contar a história de Jesus sem comemorar ao mesmo tempo a história das mulheres.

As mulheres foram heroínas no início dos Evangelhos, mas, no fim, também fazem parte da lista dos heróis com mais destaque. Quando todos os discípulos de Jesus o abandonaram na cruz, foram Maria, a mãe de Jesus, e Maria Madalena, amiga de Jesus, que permaneceram corajosamente perto dele, com fidelidade e coragem. Quando o sepulcro vazio foi descoberto, as mulheres foram as primeiras a chegar. Os Evangelhos são a história de Jesus, mas é impossível contar a história de Jesus sem comemorar ao mesmo tempo a história das mulheres.

As mulheres não estiveram presentes apenas no começo e no fim dos Evangelhos. Em cada página, as interações de Jesus com as mulheres são aspectos integrais de sua história como um todo. Veja algumas das muitas interações de Jesus com as mulheres:

- A conversa individual mais longa de Jesus registrada na Bíblia foi com uma mulher. (A mulher à beira do poço em João 4).
- Jesus ressuscitou a filha de Jairo. Em todos os exemplos registrados nos quais Jesus ressuscita alguém, a filha de Jairo foi a única pessoa que Jesus tomou pela mão (v. Lucas 8.50-56).
- Jesus curou a sogra de Pedro (v. Mateus 8.14,15).
- Jesus curou uma mulher que vinha sofrendo de uma hemorragia que a afastou da sociedade por muitos anos (v. Marcos 5.25-34).
- Jesus tinha duas amigas íntimas chamadas Maria e Marta (v. Lucas 10.38-42).
- Jesus defendeu uma mulher surpreendida em adultério e salvou-a da morte por apedrejamento em público (v. João 8.1-11).
- Jesus ouviu os apelos de uma viúva desesperada cujo único filho havia morrido e trouxe-o de volta à vida (v. Lucas 7.11-17).
- Jesus curou uma mulher paralítica (v. Lucas 13.10-17).
- Jesus elogiou uma viúva pobre por sua generosidade e elevou-a como exemplo de ofertar, que todos nós deveríamos querer seguir (v. Lucas 21.1-4).
- Jesus elogiou a persistência de uma viúva e descreveu-a como modelo da fé e da persistência que devemos ter quando oramos a Deus (v. Lucas 18.1-8).

Há muitos outros exemplos de Jesus elevando a dignidade das mulheres, o que contrariava de muitas formas a cultura da época. A dignidade das mulheres e o respeito por elas foram claramente a pedra angular da vida e do ministério de Jesus. Aqueles de nós que nos consideramos seguidores de Cristo devemos nos colocar na linha de frente dessa luta constante de respeitar as mulheres e as meninas do mundo inteiro e dar oportunidades a elas. Não basta apenas crer nos ensinamentos de Jesus; precisamos estar dispostos a assumir uma posição pondo nossa fé em ação.

Seguir o exemplo de Jesus quase sempre exige assumir uma posição

Beth Moore é uma famosa professora de estudos bíblicos e autora que tem mostrado grande coragem em suas palestras frequentes sobre respeito às mulheres. Beth sempre se manteve longe da política e, apesar de sua enorme plataforma nas redes sociais e extraordinária reputação dentro do mundo evangélico, é humilde e respeita os líderes do sexo masculino dentro da igreja. Ao ouvir a gravação de um político famoso fazendo alguns comentários vulgares e grosseiros sobre as mulheres, Beth ficou chocada diante da aprovação silenciosa dos líderes da igreja, que não levaram a sério a vulgaridade e a consideraram apenas como "conversa de vestiário" ou "conversa aberta sobre sexo". Ela entendeu que tinha a responsabilidade moral de interferir nesse diálogo controverso.

Em uma intervenção inusitada no debate político, Beth Moore usou o Twitter para chamar a atenção dos cristãos que desculparam a linguagem sexista e objetificação feminina. Sem meias palavras, Beth começou a falar um pouco do sexismo e vulgaridade que ela e outras mulheres enfrentam dentro da igreja. Disse que os cristãos do sexo masculino devem voltar a seguir o exemplo de dignidade, igualdade e respeito pelas mulheres que o próprio Jesus estabeleceu para nós.

Ela se dispôs a interferir na controvérsia para trazer esperança e ajuda às numerosas mulheres que sofrem em silêncio sob a manipulação e o controle de homens poderosos e sem moral. Arriscou a própria plataforma para dar uma plataforma às vítimas que se sentiam indefesas. Sua coragem e sinceridade sobre essas questões provocaram diálogos saudáveis dentro da igreja e até na mídia secular.[2]

Sou sempre incentivado por outras pessoas que demonstram coragem ao pôr em ação sua fé e convicções, mesmo que o preço seja alto. Muitos dos grandes movimentos da História que proporcionaram justiça e liberdade a outras pessoas foram iniciados por seguidores de Cristo que simplesmente se perguntaram o que Jesus faria se estivesse na mesma situação. Nós, que nos consideramos seguidores de Jesus, temos uma oportunidade e responsabilidade únicas de liderar a missão de impor mais respeito e proteção às mulheres. Podemos aprender muito com heroínas modernas como Beth Moore, mas podemos também aprender com o exemplo de muitos heróis de grande coragem e fé que viveram no passado.

Há muitos casos na História de heróis pouco promissores que, por força do destino, causaram impacto e mudanças sociais incomensuráveis. A maioria não estava à procura de notoriedade. Eles queriam simplesmente agir corretamente

---

[2] GREEN, Emma. Beth Moore: The Evangelical Superstar Taking on Trump. **Atlantic**, out. 2018. Disponível em: <https://www.theatlantic.com/magazine/archive/2018/10/beth-moore-bible-study/568288/>.

quando o assunto era muito importante. Um desses heróis é um monge do século I chamado Telêmaco.

Telêmaco viveu no Império Romano. Durante sua vida, o cristianismo estava se propagando rapidamente, mas o Reino de Cristo que os homens pregavam parecia ser incompatível com o império que Roma tentava construir. Os líderes romanos sentiam-se ameaçados por aqueles que seguiam um Rei carpinteiro com mais lealdade do que seguiam César.

Foi um tempo de grande violência e agitação. Roma impunha seu poder com brutalidade, e qualquer inimigo ou suposto inimigo do império era morto publicamente e de forma horripilante. As execuções em público e as crucificações tinham a finalidade de reprimir aqueles que desafiavam as regras e a supremacia de Roma. O exemplo mais famoso de violência gratuita e morte ocorria no Coliseu romano, onde os gladiadores lutavam até a morte para divertir as multidões.

As lutas dos gladiadores alimentavam a sede de sangue do povo. Se não fosse assim, os cidadãos de bem não suportariam a violência e o espetáculo. O povo lotava o Coliseu todos os dias para ver os cristãos prisioneiros e perseguidos serem acossados e comidos vivos por leões famintos ou para ver gladiadores lutando até a morte. Alguns gladiadores eram considerados atletas profissionais, porém a maioria compunha-se de prisioneiros forçados a lutar até a morte, na esperança de conquistar a liberdade um dia.

O espetáculo era doentio e sem vencedores. Aqueles que se apresentavam na arena nunca eram vencedores de verdade porque não passavam de escravos de um sistema deteriorado do qual raramente escapavam. Os espectadores nunca eram vencedores porque, embora se divertissem com a emoção momentânea da luta, a violência desumana certamente causava um impacto negativo em sua vida e experiências diárias.

No auge da popularidade das lutas dos gladiadores, um monge cristão não declarado, cujo nome era Telêmaco, estava visitando pela primeira vez a grande cidade de Roma. Ele não sabia o que esperar, pois procedia de uma região rural. Sua vida era simplesmente dedicada à oração e ao serviço ao próximo, mas ele se sentiu compelido por Deus a visitar Roma, a agitada metrópole.

Telêmaco desceu do barco no porto de Roma, e tenho certeza de que arregalou os olhos diante de todas as cenas, sons e odores da cidade grande. Nunca havia visto nada semelhante. Enquanto tentava orientar-se, ele foi rapidamente levado pela corrente de uma multidão apressada. Milhares de pessoas corriam para entrar no Coliseu, e Telêmaco acompanhou a multidão até o imenso estádio.

Sem saber o que esperar, ele olhou ao redor e viu os fanáticos gritando e batendo com as mãos no chão empoeirado no centro da arena. Telêmaco voltou o olhar para o centro do estádio e ficou chocado ao ver homens lutando até a morte. A cada tinido de espadas, a cada esguicho de sangue e a cada morte, a multidão vibrava de entusiasmo. Foi grande o susto de Telêmaco diante da depravação e falta de humanidade que viu ao redor.

O monge começou a tentar fazer um apelo às pessoas à sua volta, mas ninguém lhe deu ouvidos. Todos estavam absortos demais pela luta. Telêmaco percebeu que a única forma de provocar uma mudança seria ele próprio colocar-se na arena. Deixando a precaução de lado, ele correu até o muro que separava o público do campo de luta e atirou-se de corpo e alma, completamente desarmado e vulnerável.

> Telêmaco começou a correr em direção aos gladiadores enquanto lutavam, suplicando-lhes que parassem, e gritou destemidamente: "Em nome do Senhor Jesus Cristo, o Rei dos reis e o Senhor dos senhores, ordeno que essas lutas perversas cessem. Não retribuam a misericórdia de Deus derramando sangue inocente.[3]

Provavelmente, os gladiadores imaginaram que ele fosse um espectador embriagado e o empurraram para o lado. Telêmaco insistiu, e sua insistência em permanecer no campo de batalha mudou o clima do espetáculo, que deixou de ser entretenimento e passou a ser irritante aos olhos dos espectadores. Em sua sede por mais sangue, os espectadores começaram a gritar: "Matem-no! Matem-no!".

Incentivado pela pressão do público, um dos gladiadores pegou a espada e feriu o tronco do monge desarmado. Telêmaco caiu de joelhos no centro do Coliseu, o lugar no estádio onde a acústica era melhor. E, pela primeira vez, a multidão toda conseguiu ouvir o que o homem havia gritado o tempo todo. Com suspiros agonizantes, ele gritou mais uma vez: "Em nome de Cristo, parem com isto!".

Enquanto Telêmaco morria no centro da arena sangrenta, os aplausos cessaram, e o silêncio tomou conta da multidão. Os gladiadores pararam de lutar, sem saber o que fazer. Um a

---

[3] HUFFMAN, John. Telemachus: One Man Empties the Roman Coliseum. **Discerning History**, 15 set. 2016. Disponível em: <http://discerninghistory.com/2016/09/telemachus-one-man-empties-the-roman-coliseum/>.

um, os espectadores começaram a sair do estádio, em silêncio solene. A consciência coletiva daquele povo apavorado e convencido do erro em razão do que acabara de presenciar havia sido cauterizada.

Em um único ato de coragem, um homem simples e de fé mudou a opinião pública sobre uma das mais brutais (e populares) tradições do mundo antigo. E também levou uma multidão pagã a ter a esperança que encontramos somente em Cristo.

Uma geração depois, Roma seria um lugar muito diferente. As lutas dos gladiadores terminaram para sempre, e o cristianismo, que era uma religião perseguida, tornou-se a religião oficial do império. Houve, claro, muitos fatores em jogo para que essas mudanças fossem concretizadas, mas estou convencido de que a coragem e o autossacrifício de Telêmaco e outros heróis não famosos como ele foram muito importantes para mudar o rumo dos acontecimentos.[4]

Os equivalentes modernos aos jogos dos gladiadores são a pornografia e a objetificação sexual das mulheres na área do entretenimento. Assim como os jogos dos gladiadores, nossa objetificação comercializada das mulheres é vista como elemento principal da cultura moderna e dá impulso barato e momentâneo ao consumidor que torce por mais. Proporciona valores incríveis de dinheiro para aqueles que lucram com o espetáculo desumano. Escraviza os que se submetem a eles e dessensibiliza toda a cultura.

Assim como Telêmaco, precisamos ter coragem para entrar na luta e dizer: "Em nome de Cristo, parem com isto!".

---

[4] Telemachus. **OrthodoxWiki**, 22 out. 2012. Disponível em: <https://orthodoxwiki.org/Telemachus>.

Precisamos estar dispostos a nos opor à opinião pública popular e nos opor àqueles que lucram com a objetificação das mulheres. Precisamos nos opor aos desejos de nossa alma que justificariam os pecados contínuos em nossa busca por entretenimento e autogratificação.

Mesmo que exija sacrifício de nossa parte, todos nós precisamos estar dispostos a dizer: "Em nome de Cristo, parem com isto! Parem de maltratar as mulheres. Parem de prostituir as mulheres como forma de entretenimento. Parem de justificar a pornografia. Parem de desrespeitar as mulheres. Parem de usar as mulheres. Parem de violentar as mulheres. Parem de manipular as mulheres. Parem de enganar as mulheres. Parem de machucar as mulheres. Parem de silenciar as mulheres. Em nome de Cristo, parem!".

Nas próprias palavras das mulheres

"Sou uma sobrevivente de abuso sexual que foi violentada em primeiro lugar por um jovem pastor da minha igreja. Fiquei muito confusa, porque o homem que eu tanto respeitava devastou a minha admiração por ele. Mais tarde, o pastor foi processado, e a experiência toda abalou minha fé. Saí da igreja e abandonei a fé por vários anos. Após uma longa terapia em busca da alma, voltei para Deus. Sou casada com um cristão maravilhoso. Encontrei cura e libertação das feridas do passado e estou mais perto de Cristo do que nunca, mas digo também que qualquer um que use sua posição de poder na igreja para violentar crianças deveria passar o resto da vida na prisão."

NORA P. (42 anos)

"O tratamento mais respeitoso que recebi partiu de homens cristãos. Infelizmente, o tratamento mais desrespeitoso que recebi também partiu de homens cristãos."

HANNAH T. (51 anos)

"Frequento uma faculdade cristã, e há muitos rapazes aqui que tentam tratar as meninas de modo certo. Há muitos que fazem parte de grupos de transparência com outros rapazes para permanecerem puros sexualmente e longe da pornografia. Mesmo quando cometem erros, creio que muitos dos rapazes do campus amam Jesus de verdade e querem tratar as mulheres do modo certo. Alguns poucos maus exemplos sempre dominam as manchetes, mas ninguém põe em destaque todos os rapazes bondosos que tentam viver com integridade."

CINDY K. (19 anos)

"Jesus disse que o simples fato de olhar para uma mulher com desejo é o mesmo que cometer adultério. Jesus sempre tratou as mulheres como pessoas amadas, não como objetos de desejo. Tenho certeza de que Jesus sempre olhava as mulheres nos olhos em vez de olhar para baixo ou para o corpo delas. Se os homens seguissem o exemplo de Jesus, a pornografia desapareceria e o desrespeito de todas as formas desapareceria também. Precisamos trazer de volta aqueles antigos braceletes com a sigla WWJD[5] e nos fazer esta pergunta: 'O que Jesus faria?'. Porque o que Jesus faria seria respeitar sempre as mulheres."

EMMA A. (35 anos)

---

[5] Em inglês, "What Would Jesus Do?". [N. do T.]

Capítulo 3

A MENTALIDADE DO VESTIÁRIO

Os meninos riem das situações em que colocam as meninas, mas não riem quando enxugam as lágrimas do rosto da própria filha pelo mesmo motivo.

WILL SMITH

Trabalhei, uma década atrás, em uma igreja grande na Flórida que tem vários pontos de pregação. Era uma igreja vibrante e em crescimento, mas um dos jovens pastores escondia um segredo sinistro. Na superfície, ele era um pilar de nossa comunidade. As postagens dele nas redes sociais assim como suas apresentações em público descreviam o quadro de um homem de família sólida como pedra que adorava a esposa e os filhos e vivia fielmente a mensagem que pregava ao grupo de jovens. Contudo, essa reputação cuidadosamente desenhada desmoronou no dia em que ele foi preso por ter um relacionamento sexual de um ano com uma garota de 15 anos do grupo de jovens que ele dirigia.

Lembro-me de ter visto a história de sua prisão nos noticiários. Ele era um líder respeitado e honrado, mas a foto tirada na delegacia retratava um hipócrita perturbado e humilhado. Ele despedaçou o coração da esposa e dos filhos. Causou um dano incomensurável à igreja que confessava amar. Destruiu a inocência de uma moça e feriu-a, deixando-a com cicatrizes emocionais permanentes. Nossa comunidade não entendia como um homem que parecia ser tão confiável, fiel e respeitável foi capaz de cometer atos tão abomináveis.

Mais tarde, ele confessou que alimentava fantasias a respeito daquela garota e de outras de seu grupo de jovens, mas havia suposto erroneamente que suas fantasias eram inofensivas. Nunca achou que as poria em prática. Ele era disciplinado nas outras áreas da vida, portanto tinha uma ideia orgulhosa e equivocada de sua força e moderação. Acreditava ser uma boa pessoa e até um bom pastor. Em sua mente, as fantasias eram apenas uma forma natural de desabafar e acrescentar um pouco de emoção à sua previsível rotina de trabalho, contas a pagar, filhos e vida em bairro residencial.

Ele havia dividido sua mente em compartimentos nos quais as fantasias sombrias poderiam viver, mas as fantasias pecaminosas nunca permanecem nos compartimentos organizados em que tentamos mantê-las. Conforme ele confessou mais tarde, a primeira vez que teve contato sexual com a garota não lhe causou nenhum esforço porque já havia repassado a cena milhares de vezes na mente. Havia se dessensibilizado sistematicamente e removido a bússola moral que o guiara a vida inteira.

Tenho certeza de que ele nunca imaginou que cometeria estupro estatutário na cabine de som de um santuário após um culto para jovens, mas foi o que de fato aconteceu em uma noite tranquila de quarta-feira. Quaisquer pensamentos que permitimos ser repassados em nossa mente irão, com o tempo, moldar as nossas ações. Em um instante, as fantasias "inofensivas" daquele homem produziram consequências inimagináveis para ele, para a vítima e para numerosas pessoas.

Tragicamente, tenho conversado com muitas mulheres ao longo dos anos que foram igualmente abusadas por homens em posição de autoridade. Tenho ouvido histórias comoventes de assédio, exploração e estupros nas mãos de alguém que elas admiravam e em quem confiavam. A lista de abusadores e mulherengos inclui pregadores, chefes, educadores, parentes, políticos, mentores e muitas outras categorias. Tais homens fazem mau uso de sua influência, desonrando e desprezando egoisticamente as mulheres e as meninas como se fossem simples objetos descartáveis de uma competição sexual.

Uma das tendências mais comuns entre os predadores é a capacidade de manter uma fachada pública respeitável enquanto levam uma vida de desvio sexual. Arrogantes, eles parecem acreditar que não há consequência para suas ações, mas sempre há um preço alto a ser pago por uma vida dupla. Não podemos compartimentar nossa vida e acreditar que os atos que cometemos em segredo não serão expostos um dia. Outra forma de dizer "compartimentação" é "mentira compartimentada". Com o tempo, essas mentiras causarão efeitos negativos em nós. Sempre causam.

A Escritura avisa-nos solenemente que tudo o que é feito em segredo será um dia gritado dos telhados e tudo o que é feito no escuro será um dia iluminado. No decorrer da vida, o dano causado por nossas escolhas continuará a aumentar. As consequências do pecado sexual criam repercussões não apenas para aqueles diretamente envolvidos, mas também para muitos outros que sofrem danos colaterais no final. O prazer temporário nunca vale os arrependimentos permanentes.

> O prazer temporário nunca vale os arrependimentos permanentes.

Talvez a maior tragédia nessa situação inteira com meu ex-colega é que todo o sofrimento e devastação eram completamente evitáveis. Não tinham de acontecer. Não deviam ter acontecido. Tenho certeza de que ele daria qualquer coisa para voltar no tempo e desfazer o dano de suas ações inconsequentes, o efeito em cascata que se espalhou por uma comunidade inteira. Sentado sozinho naquela prisão, ele certamente se sentiu atormentado pelo sofrimento que sua família e sua jovem vítima experimentam.

Assim como eu, provavelmente você sente raiva do agressor apresentado nessa história. Creio que devemos sentir uma raiva justificada e um desejo por justiça quando as mulheres e as meninas são maltratadas e abusadas. Embora devamos sentir uma raiva justificada dos criminosos e compaixão pelas vítimas, creio também que devemos sentir a terceira emoção. Devemos sentir pavor. Não tenho a intenção de ser melodramático, mas creio que nós, pais de meninos, devemos ficar apavorados por saber que tantos homens que procedem de "boas" famílias e com "boa" reputação na comunidade transformaram-se em predadores sexuais.

Há uma mentalidade generalizada em nossa cultura que tem levado muitos homens decentes a cometerem atos terrivelmente indecentes. Uma mentalidade distorcida criou raízes, e as consequências são devastadoras. Como pais, não podemos permanecer cegos a essa mentalidade tóxica. Não devemos acreditar na mentira de que somente monstros à espreita nos becos escuros são capazes de cometer tais atrocidades. Temos de enfrentar a séria realidade de que qualquer homem é capaz de cair nesse poço fundo de pecado se mente, coração, olhos e ações não permanecerem focados na direção certa.

Quando você pensa nos detalhes perturbadores dessa história comovente de minha ex-igreja, tenho certeza de que deseja acreditar que o seu filho é incapaz de cometer atos tão terríveis. Eu certamente quero pensar o mesmo sobre os meus. Nenhum pai deseja acreditar que esse caminho tenebroso seja possível, e nenhum menino acredita que um dia, depois de adulto, envergonhará a sua família e causará grande sofrimento na vida de outras pessoas. No entanto, muitos meninos farão exatamente isso na fase adulta.

Temos de ensinar os nossos filhos a viver com integridade e evitar as armadilhas generalizadas de uma vida dupla. Temos de orientar nossos filhos a desenvolver a mentalidade certa, de modo que possam iniciar relacionamentos com base em uma situação mais saudável. Temos de ajudar os nossos filhos a considerarem as mulheres e as meninas como coerdeiras na família de Deus, não como mercadorias a serem exploradas. Temos de preparar os nossos filhos para que evitem as tendências e as tentações provenientes da mentalidade tóxica à qual dou o nome de "mentalidade do vestiário".

> *"Os meninos do time de basquete de minha turma do oitavo ano falam de pornografia e sexo o tempo todo quando estão no vestiário. Um deles chegou a mostrar ao time um vídeo no celular de sua namorada fazendo sexo oral com ele. Outro mostrou fotos de meninas nuas com quem se envolveu. Há sempre alguém mostrando pornografia também. Esses mesmos meninos agem de modo muito diferente em público. Os meus pais nunca conversaram sobre sexo comigo e acham que ninguém da minha idade sabe o que é isso. Eles acham que todos os meninos do meu time são bonzinhos,*

respeitadores e inocentes, mas meus pais morreriam se soubessem o que acontece no vestiário."

Jay D. (14 anos)

"Quando eu era mais novo, tudo o que aprendi sobre sexo aprendi nos vestiários. Os meus pais nunca conversaram comigo sobre o assunto; por isso, o vestiário passou a ser o meu professor de sexo. As lições que aprendi lá me levaram a percorrer um caminho escuro de muitos relacionamentos rompidos. Cheguei a pegar DST. Só descobri muito tempo depois que nenhum daqueles meninos no vestiário sabia do que estava falando. Todos os garotos mais velhos do time que eu considerava garanhões e sedutores hoje estão gordos, bebem demais e são vidrados em pornografia. Gostaria de desaprender tudo o que aprendi no vestiário."

Drake E. (31 anos)

No vácuo criado pela falta de conversas sadias sobre sexo e respeito no lar, nas igrejas e nas comunidades, os meninos procuram respostas na internet e nos vestiários. As informações que encontram quase sempre criam muito mais problemas que soluções. Mais perigosas que as informações erradas obtidas nos vestiários é o fato de que essas informações podem criar uma mentalidade que em determinados lugares é seguro e aceitável desrespeitar as mulheres.

Quando o menino se torna adulto, a mentalidade do vestiário pode dar lugar a uma vida dupla, como a história trágica que contei sobre o meu amigo. Quando temos algum compartimento de nossa vida ou cérebro no qual permitimos que pensamentos ou ações sexistas se alojem, o resultado será sempre trágico.

Mesmo que não leve a um relacionamento amoroso de longa duração como meu amigo vivenciou, ainda assim pode reativar o pensamento de um menino e prejudicar os atuais relacionamentos e os futuros.

A mentalidade do vestiário nem sempre ocorre no vestiário. Pode ocorrer em uma sala de reuniões, em uma sala de visitas, em uma sala de bate-papo ou simplesmente em um local escondido na sua mente onde você permite que alguns pensamentos e fantasias sejam reproduzidos a qualquer momento. Pode ocorrer em qualquer lugar onde um ou mais homens criam uma cultura de sexismo e desrespeito pelas mulheres disfarçada de uma expressão sadia e inofensiva de masculinidade. O antigo provérbio "os meninos serão meninos" tem alimentado essa mentalidade e concedido passe livre para as gerações de homens que imaginam ter o direito de ser sexistas e grosseiros.

Quero deixar claro que um grupo de homens reunidos nem sempre produz essa mentalidade. No capítulo anterior, falei do exemplo de Jesus. Ele vivia cercado de um grupo de discípulas e amigas em um ambiente que claramente respeitava as mulheres. Conheço os benefícios dos grupos de amigos do sexo masculino. Não estou criticando todos os times, esportes ou grupos compostos de homens. Antes que você comece a pensar que sou um desmancha prazeres que se posiciona contra brincadeiras e divertimentos com pessoas do sexo masculino, quero que saiba que acredito que as amizades masculinas podem e devem ser uma parte saudável na vida dos nossos filhos.

Não me oponho a que os homens se reúnam e se divirtam. Na verdade, adoro isso! Sou um sujeito que gosta muito de contar piadas tolas com os melhores deles. Fui eleito "palhaço da classe" no último ano da faculdade depois de ter montado, com um grupo de amigos, uma comédia nos moldes de um programa humorístico da televisão. Fomos ridículos e irreverentes, mas a comédia nunca passou dos limites por ser sexista ou desrespeitar as mulheres. Gosto muito também de me reunir com os meus dois irmãos para dar risada, apreciar uma cerveja artesanal e assistir a um jogo de futebol. Gosto muito de participar de grupos masculinos, estudos bíblicos para homens, equipes esportivas e até fraternidade universitária. Ironicamente, não sou contra vestiários. Quando os homens agem corretamente ao compartilhar comemorações de masculinidade e objetivos coletivos do time, o ambiente pode transformar-se em um lugar maravilhoso para amadurecimento individual e coletivo. Amizades masculinas saudáveis são essenciais. Até os filmes apreciados pela maioria dos homens mostram nossa necessidade de ter amigos do sexo masculino. Meus filmes favoritos continuam a ser *Coração valente* e *Mong e Loide* desde a adolescência. Um gira em torno de batalhas épicas masculinas, e o outro é um filme de humor masculino grotesco. Ambos representam dois aspectos distintos, porém iguais, de minhas necessidades, e a maioria dos homens tem essa mesma necessidade de camaradagem e de compartilhar batalhas e risadas. São necessidades sadias. Temos de ser simplesmente mais intencionais sobre como encontrar meios sadios que atendam a essas necessidades em vez de nos contentar com meios falsos e perigosos.

Quando se age corretamente, acontece algo muito especial em um grupo de amigos homens. Não há nada igual. Existe um vínculo de encorajamento, responsabilidade e incentivo mútuo para realizar coisas grandiosas. A Bíblia encoraja esses relacionamentos com a metáfora masculina das espadas, que diz: "Assim como o ferro afia o ferro, o homem afia o seu companheiro" (Provérbios 27.17).

Amo esse versículo e amo a imagem de homens piedosos nesse relacionamento tão próximo a ponto de afiar um ao outro com o tinir faiscante de duas espadas batendo uma na outra e afiando simultaneamente suas lâminas. Trata-se de uma busca boa e piedosa, mas, em algum lugar ao longo do caminho, a mentalidade do vestiário substituiu os laços fraternais heroicos, desinteressados, corajosos e puros do passado.

Não estou dizendo que todos os exércitos bíblicos, amizades antigas ou cavaleiros heroicos eram perfeitos. Há muitas histórias problemáticas registradas na Bíblia e na história da época dos cavaleiros e das Cruzadas. Há imperfeições em todos os homens, porque todos nós pecamos e necessitamos da graça de um Salvador. A diferença entre o mandado bíblico para os homens e a moderna complacência com as extravagâncias da mentalidade do vestiário não é a de que os homens eram perfeitos e agora são maus. Não foram os homens que mudaram, mas, ao contrário, nossos padrões para os homens é que mudaram.

Parte de nossa aprovação silenciosa ao comportamento do vestiário resulta da falta de meios aceitáveis para os homens expressarem ou comemorarem sua masculinidade. Nossa cultura passa por um despertamento coletivo a respeito dos maus-tratos infligidos às mulheres — o que é bom —, mas parte de nossa reação tem sido criticar sutilmente os homens e a masculinidade em geral — o que é mau. Na verdade, essa reação piora o problema relativo ao desrespeito às mulheres, porque empurra mais e mais os meninos e os homens para a mentalidade do vestiário.

Tenho sido surpreendido pela predominância dessa mentalidade no decorrer da vida. Vejo-a em cada local de trabalho em que me apresento, como pizzaria, supermercado, fábrica de automóveis, áreas de construção civil, universidades e até igrejas. Em cada um desses lugares, os homens considerados "bons", maridos e pais dedicados, contam piadas sexistas, compartilham histórias sexualmente explícitas e falam a respeito de fantasias sexuais com detalhes. Já ouvi muitos comentários sobre sexo, e até vulgares, feitos por homens sobre suas colegas de trabalho.

Para lançar um raio de luz à escuridão e predomínio da mentalidade do vestiário, quero que você saiba que nem todos os homens possuem tal mentalidade. Convivo com muitos homens de excelente caráter e integridade que nunca participam desse tipo de comportamento nem o toleram. Há muitos homens que mostram o mesmo grau de respeito e integridade tanto em público como particularmente. Não permita que os maus exemplos corrompam sua avaliação sobre todos os seres humanos com cromossomo Y. Há muitos homens honrados por aí.

Nem todos os homens cedem à pressão de fazer parte de conversas impróprias, mas para a maioria continua a ser uma tentação. Nunca superamos totalmente os efeitos da pressão de nossos pares. Até para os homens que não compartilham palavras explícitas e sexistas, muitos de nós que agimos dessa forma não temos coragem de nos manifestar diante dos outros homens e corrigi-los, dizendo que suas palavras não são apropriadas.

Faltou-me coragem durante muitos anos. Durante muitos anos, eu ri das piadas ou permaneci calado quando um comentário vulgar, sugestivo e claro era feito sobre uma mulher. Na época, parecia inofensivo. Qual era o grande problema? Por que criar um desconforto desnecessário por chamar a atenção de alguém? Minhas justificativas de pacificador silencioso eram um leve disfarce para a minha covardia.

Parte da minha motivação para escrever este livro é tentar reparar o erro de meu silêncio que contribuiu para o problema que agora condeno publicamente. Quero ser uma pessoa melhor. Quero criar os meus filhos de maneira melhor. Não basta permanecer em silêncio quando essa mentalidade suja emerge; precisamos ser homens de coragem, homens que chamem a atenção dos outros homens, inclusive de nós, mesmo que sejamos ridicularizados ou deixados de lado.

Temos de ensinar aos nossos filhos que a masculinidade é um dom a ser comemorado, mas a comemoração coletiva, chauvinista, de façanhas sexuais não é uma comemoração saudável. É uma comemoração desumana tanto para os homens que dela participam quanto para as mulheres que são objetos de piadas, histórias e fantasias sexuais. Necessitamos de uma alternativa. O autor George Gilder concluiu com precisão: "As sociedades sábias proporcionam amplos meios para os rapazes se afirmarem sem afligir outras pessoas".[1]

Os meninos aguardam ansiosamente a comprovação de sua masculinidade. Querem saber o que significa ser homem. Em seu livro *Searching for Tom Sawyer* [À procura de Tom Sawyer], Tim Wright resume algumas inseguranças por trás da bravata arrogante dos vestiários, salas de reunião ou qualquer ambiente onde os homens aceitam uma versão falsificada da autêntica masculinidade. Ele escreveu:

> Nos Estados Unidos, a prova da masculinidade parece ser um projeto longo, sem fim e implacável. Todos os dias, os

---

[1] **Men and Marriage**. Gretna, LA: Pelican Publishing, 1992. p. 34.

> homens adultos disputam entre si, questionando a masculinidade do outro. E isso funciona na maioria das vezes. Tenha certeza de que, para iniciar uma guerra praticamente em qualquer lugar dos Estados Unidos, basta questionar a masculinidade de alguém.
>
> Eu sempre me pergunto por que os homens necessitam pôr sua masculinidade à prova de modo tão obsessivo? Por que as apostas parecem ser tão altas? Em parte, creio que a resposta está no fato de que o próprio momento de transição para a idade adulta é muito mal definido. Em nossa cultura, não possuímos rituais coerentes para marcar a passagem da infância para a fase adulta dos homens e das mulheres. Também não é surpresa não sabermos ao certo quem tem exatamente a autoridade para realizar esse ritual.[2]

A observação de Tim Wright vai direto ao ponto central do que Robert Lewis abordou em seu livro *Raising a Modern-Day Knight* [Criando um cavaleiro da era moderna]: "As comunidades do passado proporcionavam uma visão compartilhada da masculinidade. Realizavam cerimônias para marcar a passagem do adolescente para a fase adulta".[3]

Os vestiários tornaram-se um substituto deficiente para algo nobre que não fazemos mais. Nossos meninos querem saber o que significa ser homem, mas temos feito um trabalho complicado para apresentar uma definição a eles. E temos feito um trabalho pior ainda quando se trata de comemorar a transição da infância para a adolescência e da adolescência para a fase adulta.

---

[2] Bloomington, IN: Westbow Press, 2013. p. 55.
[3] Carol Stream, IL: Tyndale, 1997. p. 47.

Em razão da falta de uma definição clara ou de ritos de passagem, os meninos são deixados à própria sorte, sem saber que aniversário deve ser comemorado como um marco em sua vida e talvez sem saber o motivo do aparecimento de pelos pubianos ou de uma penugem no queixo. Essas marcas automáticas e aparentemente superficiais da masculinidade pouco servem para satisfazer a pergunta silenciosa dos meninos: *Já sou um homem?*

Essa pergunta é o grito do coração de cada menino. Começa bem cedo. Meu filho Chatham, de 3 anos, sai do banheiro feliz todas as vezes que consegue usar o penico e anuncia seu sucesso com muita confiança: "Já sou quase um homem!".

Até os homens adultos lutam contra inseguranças, sem saber em que ponto estão. Medimos a nós mesmos com metragens obscuras e sempre nos perguntamos se atingimos o ponto ideal, se somos bons provedores, bons pais e bons maridos. Desejamos ser respeitados a todo custo e quase sempre nos sentimos indignos de merecer o devido respeito. Depois de muitos anos de terapia com casais, estou convencido de que a pergunta mais comum e silenciosa que os homens fazem constantemente a si mesmos é: "Minha esposa me respeita e acha que sou um homem bom?".

Se pudesse escolher, a maioria dos homens preferiria ser respeitada a ser amada. Ironicamente, os homens são capazes de comportamentos muito desrespeitosos na busca por respeito. Muitos carregam feridas de rejeição, quase sempre do pai, e as inseguranças deixadas no rastro dessas feridas podem levar o homem a ter um comportamento mais inconsequente, na tentativa de provar sua masculinidade e ser respeitado. Mesmo entre os homens arrogantes, há sempre um lado oculto de insegurança que eles tentam disfarçar quando buscam ser o macho alfa. Todos nós queremos saber o que é ser um homem de verdade e como estamos nos saindo. Na dúvida resultante de nossa ambiguidade (ou até hostilidade) que cerca os homens, os meninos são presas fáceis da mentalidade do vestiário.

No vestiário, os falsos ritos de passagem emergem como proezas sexuais. Em vez de testes de caráter e coragem, como era costume no passado, hoje os meninos enfrentam testes de sedução e intrepidez para provar sua masculinidade. Os meninos aprendem que a masculinidade é definida pelas façanhas sexuais, não pelas verdades eternas da Bíblia. Os meninos aprendem que as meninas são presas a serem conquistadas, não almas que devam ser amadas. Quando a masculinidade é redefinida pelo vestiário, todos perdem.

> Os nossos filhos querem saber o que significa ser homem de verdade e desejam muito que alguém lhes mostre o que isso realmente significa.

E então, o que nós, pais, devemos fazer com tudo isso? Vou apresentar as respostas a essas perguntas com mais detalhes nos capítulos seguintes. Nesta parte da conversa, precisamos primeiro reconhecer a existência da mentalidade do vestiário, e, na guerra pelo coração e pela alma dos nossos filhos, a tentação puxa com força para o lado mais escuro. Precisamos saber que a mentalidade do vestiário só é acompanhada de tentação porque promete satisfazer uma necessidade decorrente de um desejo saudável. Os nossos filhos querem saber o que significa ser homem de verdade e desejam muito que alguém lhes mostre o que isso realmente significa.

Precisamos ensinar aos nossos filhos que a mentalidade do vestiário é uma mentira e não tem lugar na masculinidade saudável.

Eles precisam saber que é errada. Precisam saber que, quanto mais escorregarem para essa mentalidade errada, mais vão prejudicar seus relacionamentos atuais e futuros com as mulheres. Eles estão se prejudicando grandemente. Sempre que usamos um ser humano ou abusamos dele, sacrificamos uma parte de nossa condição humana no processo.

Pode acontecer em qualquer lugar

Hoje de manhã, estávamos assistindo ao programa *Good Morning America* enquanto nossos filhos se aprontavam para ir à escola. Os âncoras destacaram mais uma história de homens violentando e maltratando mulheres. Dessa vez, o fato havia acontecido em um lugar associado à classe alta e requintada, no qual o comportamento do vestiário parecia descabido. Enquanto assistíamos ao desenrolar da história, veio-nos à mente uma dolorosa lembrança de que a mentalidade do vestiário pode ocorrer em qualquer lugar.

Uma bailarina de 19 anos chamada Alexandra Waterbury havia sonhado a vida inteira fazer parte do New York City Ballet, considerado uma das instituições mais seletas de dança e artes cênicas do mundo. Graças a seu esforço e talento, o sonho foi concretizado, e ela conseguiu um lugar na companhia de balé. Logo em seguida, começou a namorar um dançarino de 28 anos, e tudo na vida dela parecia perfeito. Estava apaixonada, ou assim imaginava.

Certa noite, no apartamento do namorado, ela ligou o *notebook* para verificar os *e-mails*. Uma lista de mensagens de texto do celular de seu namorado apareceu na tela, mostrando uma correspondência contínua com um número desconhecido. As mensagens referiam-se a ela e a outra jovem da companhia de balé em termos vulgares e insultuosos. Chocada, ela preferiu acreditar que aquilo fosse um engano, mas começou a investigar.

Alguns minutos de pesquisa revelaram descobertas repugnantes. De acordo com Alexandra, o namorado a fotografara nua sem seu consentimento e também gravava vídeos secretamente registrando suas intimidades sexuais. Ele já havia compartilhado essas imagens e vídeos com outros dançarinos da companhia de balé e até com patrocinadores. Nove homens, no mínimo, faziam parte de uma "Rede do vestiário" clandestina de homens que usavam as moças da companhia de balé e passavam adiante fotos e vídeos para divertimento coletivo.

Uma mistura de sentimentos de terror, profundo sofrimento e raiva tomou conta de Alexandra. Ela descreveu que nunca se sentiu tão ultrajada como naquele momento. Percebeu que o homem que imaginava amar estava apenas usando-a, e que aquele grupo inteiro de homens em quem ela confiava estava ultrajando-a em sua intimidade como uma forma de divertimento doentio e distorcido.[4]

Aqueles homens pareciam muito refinados e sofisticados na superfície. Em razão de suas palavras e atos públicos, haviam adquirido, com muita habilidade, a fama de ser respeitadores de mulheres, porém a insidiosa mentalidade do vestiário emergira. Nos bastidores, aquele grupo aparentemente requintado de homens estava se comportando como uma sociedade secreta de gigolôs, diretores de filmes pornográficos e criminosos clandestinos e assustadores. Cometiam uma forma virtual de estupro todas as vezes que gravavam e compartilhavam imagens íntimas de uma mulher sem seu conhecimento ou consentimento.

---

[4] Ballerina Speaks Out on Lawsuit over Alleged Sharing of Nude Photos. **ABC News**. Disponível em: <https://abcnews.go.com/GMA/News/video/ballerina-speaks-lawsuit-alleged-sharing-nude-photos-57667029>.

Nosso filho de 13 anos estava assistindo a essa história chocante conosco. Parte de mim queria tapar os olhos e os ouvidos dele para proteger sua inocência. Quero que ele cresça em um mundo no qual não existam histórias como aquela, mas preciso também prepará-lo para um mundo no qual essa ocorrência é diária. Quero que ele seja equipado com palavras e traços de caráter para saber reagir com sabedoria. Quero o mesmo para todos os meus filhos e para os seus filhos também. E o mais importante de tudo: é isso que Deus quer para os nossos filhos.

Então, o que significa realmente proteger a inocência de nossos filhos e não lhes permitir que vivam ignorando as injustiças do mundo? Jesus ensinou que devemos ser "astutos como as serpentes e sem malícia como as pombas".[5] Como podemos pôr em prática aquele mandado bíblico e ensinar nossos filhos a viver na dicotomia desses dois extremos aparentemente contraditórios?

Jesus não usou hipérbole ou retórica exagerada quando disse que devemos viver com a astúcia das serpentes e a inocência das pombas. Para que nossos filhos recebam uma educação equilibrada, é necessário ensinar-lhes as duas lições dentro do contexto do amor. É claro que quero proteger a inocência de meus meninos, mas preciso também temperar a inocência com a sabedoria que adquirimos com as duras realidades de nosso mundo pecaminoso. Às vezes, há uma tensão confusa e delicada entre ensinar inocência e ensinar sabedoria, mas temos de viver nessa tensão para educar nossos filhos e prepará-los para a vida adulta.

Quero que meus filhos estejam preparados para lidar com as brutais injustiças de nosso mundo e fazer parte da solução. Esse preparo exige numerosas conversas desconfortáveis, mas, como pais, precisamos de coragem para ter tais conversas.

---

[5] Mateus 10.16. [N. do T.]

Trata-se de um dos deveres mais difíceis dos pais, mas é também o mais gratificante.

Não permita que o medo o mantenha afastado do assunto. Faça perguntas difíceis e tenha conversas difíceis com seus filhos. Se não conduzirmos a conversa enquanto são crianças, não teremos nenhuma influência para começar a conversa quando forem mais velhos e mais independentes. Quanto mais você falar, mais eles ouvirão. Quanto mais você ouvir, mais eles falarão.

Ashley e eu usamos a reportagem como uma alavanca para iniciar outra conversa com Cooper a respeito de pureza sexual, integridade e respeito às mulheres. Tivemos uma conversa franca com nosso filho sobre as ações desprezíveis que deram lugar à notícia que acabáramos de ver juntos. Falamos das tentações que, um dia, ele poderá receber de outros meninos e homens para justificar comportamentos secretos e desrespeitosos (e até criminosos) em relação às mulheres. Falamos desses pilares da autêntica masculinidade: integridade, pureza e sinceridade. Falamos sobre ter coragem de proteger as mulheres quando os outros não as respeitam.

Quando a reportagem terminou e a conversa dos âncoras mudou para clima e esportes, encerramos a aula e levantamo-nos para completar a caótica rotina matinal que antecede a saída para a escola. A conversa toda durou apenas alguns minutos, e, por ter ocorrido em uma manhã com nossos quatro filhos se aprontando para ir à escola, sua duração foi igual à de qualquer outra conversa. Depois que Cooper teve tempo de refletir sobre a história e nossa conversa, ele resumiu o que pensava em uma frase a Ashley: "Aqueles homens deveriam ter lido o novo livro do papai. Assim, eles iam entender como é importante respeitar as mulheres, e essa história feia nunca deveria ter acontecido".

Durante o tempo em que escrevo este livro, o apoio improvisado de Cooper tem sido o encorajamento mais significativo para mim. Ver essas lições criando raízes no coração e na mente de meus filhos foi minha principal inspiração para escrevê-lo. Espero que essas lições continuem a aprofundar suas raízes neles e, apesar de minhas incontáveis imperfeições e meus defeitos, espero e oro para que meus filhos vejam um exemplo autêntico desses princípios positivos em minha vida. Nossos filhos poderão esquecer grande parte do que dizemos, mas nunca esquecerão se nossas palavras forem condizentes com nossas ações.

Nas próprias palavras das mulheres

"Quando os homens tratam nossas reuniões de trabalho como se fossem um vestiário, sinto-me muito desconfortável. Eles não dizem necessariamente palavras ofensivas, mas há essa vibe machista que eles poderiam evitar e que faz a gente sentir que estão nos despindo com os olhos. Não entendo isso, mas quando os homens formam uma rodinha, acham que, para se exibir, precisam ser desrespeitosos com as mulheres. Se você quer ser 'homem de verdade' de verdade, trate as mulheres com respeito."

REBECCA C. (33 anos)

"Muitos garotos de minha escola querem 'ficar' e esperam que as garotas façam sexo com eles mesmo que não estejam namorando. Se um garoto está namorando uma garota, ele espera que ela faça tudo (sexualmente). Se a garota não concorda, é chamada de santinha ou pedra de gelo. Se concorda, é chamada de prostituta. De um jeito ou de outro, acho que os garotos só querem nosso corpo e não dão a mínima para o nosso coração."

EMILY Z. (16 anos)

> "Eu gostaria que os rapazes soubessem que as mulheres adoram elogios, mas detestamos elogios exagerados. Estou dizendo que é bom quando um garoto vê algum ponto positivo na gente, mas, quando todos os elogios são sobre nossa aparência e ele nos olha da cabeça aos pés quando diz isso, é revoltante. Parece que está me despindo com os olhos. Eu gostaria que os rapazes me olhassem nos olhos e elogiassem minhas características que elogiariam nos outros homens. Não quero ser um objeto nem ser classificada de um a dez na escala superficial deles. Olhe-me nos olhos e trate-me com respeito, e farei o mesmo com você. Simples assim."
>
> Becca M. (20 anos)

> "Alguns homens olham para as mulheres sem dar nenhum valor a elas depois que passamos da idade de ter um corpo desejável aos olhos deles. As mulheres mais velhas deveriam ser extremamente respeitadas, mas, aos olhos de alguns homens, as mais velhas são iguais a nada porque, para eles, o valor da mulher está totalmente ligado à aparência. Infelizmente, esse modo de pensar superficial dos homens deixa de lado toda a sabedoria que poderiam aprender com as mulheres que têm experiência de vida."
>
> Karen L. (61 anos)

> "Os homens estão sempre colocando rótulos em nós. Se somos esportistas, somos lésbicas. Se estudamos muito, somos nerds. Se não rimos das piadas sujas que eles contam, somos metidas. Os homens acham que podem rotular e definir o valor de uma garota, e muitas acreditam nessa mesma mentira. Só Deus pode me definir."
>
> Sarah R. (17 anos)

Capítulo 4

O QUE SIGNIFICA SER "HOMEM DE VERDADE"?

Estejam vigilantes, mantenham-se firmes na fé, sejam homens de coragem, sejam fortes.

1Coríntios 16.13

Quando eu era menino, tive o privilégio de passar uns tempos com o meu bisavô. Ele era um fazendeiro muito trabalhador que criou nove filhos e construiu uma casa com as próprias mãos. Não chegou a viver para ver *smartphones*, mas provavelmente teria pensado que os homens adultos que jogam *videogames on-line* estavam perdendo tempo na vida!

Meu bisavô era um homem muito forte. O nó de cada um de seus dedos era do tamanho de meu pulso. Com quase 90 anos de idade, ele ainda tinha força para, se quisesse, derrubar um rapazote. Apesar de sua força bruta e coragem, ele era sensível e bondoso. Dispunha-se rapidamente a brincar com os netos, ria com os amigos, beijava a esposa, dava um petisco ao seu velho vira-lata, e seus olhos enchiam-se de lágrimas toda vez que falava de Jesus.

Nunca chegou a ganhar mais de 5 dólares por hora na fábrica sindicalista no sul do estado de Indiana, mas, antes e depois de cada turno, trabalhava duro em sua fazenda para que nada faltasse à família. Ele caçava e colhia tudo o que sua família comia. Em seu armário, havia apenas algumas camisas e pares de sobretudo, e seus bens terrenos não eram nada daquilo que ambicionamos, mas, quando morreu, deixou uma propriedade de mais de 1 milhão de dólares para os filhos. Além disso, deixou um legado espiritual de valor eterno muito maior que o dinheiro ou a terra.

Hoje, vivemos em uma geração na qual esse tipo de homem poderia parecer antiquado, mas temos muito a aprender com seu exemplo. Nós, os homens modernos, erramos o alvo de muitas maneiras. Não estou dizendo que todos nós temos de nos encaixar em uma definição estreita de masculinidade ou que todos sejamos capazes de manusear as ferramentas do poder. Afinal, a minha esposa é muito melhor com ferramentas que eu. Contudo, precisamos dar um novo foco a alguns valores eternos e princípios orientadores que nos ajudarão a ser o homem que fomos criados para ser.

Para tanto, precisamos primeiro abrir os olhos para algumas das áreas mais importantes em que os homens modernos tendem a errar o alvo. Se nos dispusermos a fazer com humildade as correções necessárias, poderemos melhorar nossa vida, nossa família e nosso legado.

Nota importante: o simples fato de você estar "falhando" atualmente em uma ou duas dessas áreas não significa que é um fracasso. Fracasso é um rótulo que você nunca vai precisar usar. Este livro não foi escrito para distribuir rótulos, mas para convocar todos nós a fazermos correções importantes em nossas percepções e ações de tal forma que nossa vida seja a mais significativa possível.

Sete áreas nas quais os homens modernos costumam errar o alvo

Com esse objetivo em mente, vamos dar uma olhada nas sete áreas nas quais os homens modernos, eu inclusive, erram o alvo e talvez ensinem, sem intenção, prioridades errôneas aos filhos.

1. *Priorizamos a carreira e/ou os passatempos em lugar da família.*

Como homens, temos a tendência de ser atraídos a lugares que "fazem sentido". Em outras palavras, gostamos que nosso mundo tenha regras, funções e recompensas claras para nossas ações. Na vida familiar, a questão torna-se mais complicada. Nem sempre sabemos se estamos nos saindo bem. Nem sempre sabemos qual deve ser a nossa função. Nem sempre faz sentido. Em razão disso, muitos homens cometem o trágico erro de dedicar-se ao seu passatempo ou carreira e trocam o tempo de qualidade com a família por outros prazeres ou buscas. Homens: no final, sua família será tudo o que importa para vocês. Não esperem até descobrir essa verdade. Deem à sua família a prioridade que ela necessita e merece em sua agenda. A família não precisa ser perfeita, mas deseja muito que vocês estejam presentes!

2. *Valorizamos o prazer em lugar do nosso propósito.*

Começamos valorizando mais a pornografia que a verdadeira intimidade, o sexo mais que o comprometimento e jogar bola mais que o casamento. Somos indisciplinados com nosso dinheiro. Somos desleixados. Não queremos adiar nossa gratificação. Não queremos buscar nada que possa nos custar algo. Essa tentação diária tem o poder de roubar nosso propósito. Perguntamos a nós mesmos: *De que forma eu gostaria que minha vida e meu legado fossem? Quero viver apenas o momento, ou quero investir nesse momento de tal forma que ele dure mais que eu? Quero prazer temporário, ou quero causar um impacto positivo e permanente?*

3. *Valorizamos quem concorda conosco, mas descartamos quem não compartilha nossas opiniões.*

Vivíamos em uma sociedade na qual podíamos discutir assuntos importantes civilizadamente. Hoje, sempre que alguém discorda de nossa opinião, atacamos com vingança e rancor, reduzindo a opinião contrária a um meme na internet e reduzindo sua dignidade ao ofendê-los com palavras e considerá-los "não amigos". Somos muito rápidos para rotular pessoas e restringir suas opiniões. Quando nos recusamos a ter um diálogo respeitoso em torno de nossas crenças e convicções diferentes, abrimos mão de uma parte de nosso lado humano, destruímos relacionamentos e perdemos a oportunidade de aprender com alguém que não pensa nem sente exatamente como nós. Um dos testes mais verdadeiros do homem maduro é a capacidade de discordar de alguém e, ainda assim, continuar a ser respeitoso.

4. *Preocupamo-nos mais em "ter crédito" do que ter caráter.*

Em nossa cultura obcecada pelo sucesso, perdemos de vista o valor da verdadeira integridade. O caráter é medido pelo que fazemos quando ninguém está olhando, mas nos tempos atuais parece que não valorizamos nada se ninguém estiver olhando. Pensamos que podemos ter um armário abarrotado de segredos sórdidos, desde que nossa reputação esteja protegida. Assumimos uma mentalidade superficial e egoísta, e merecemos a mesma condenação de Jesus aos fariseus no dia em que disse que eles eram "como sepulcros caiados: bonitos por fora, mas por dentro [...] cheios de ossos e de todo tipo de imundície".[1] Precisamos começar a valorizar a integridade em lugar do ganho, o caráter em lugar do carisma e a realidade em lugar da reputação.

5. *Elevamos nossa agenda acima de qualquer outra pessoa.*

Embora algumas palavras devam ser ditas a respeito de senso de responsabilidade e ética profissional, muitos de nós levamos esse assunto longe demais. Temos uma necessidade tão grande de controlar que tiramos todos da frente — até mesmo Deus — se atrapalharem nossa agenda. Nossa necessidade de controlar cria estresse desnecessário ou egos inflados, quase sempre os dois. Precisamos ser humildes o suficiente para saber que há um Deus e que não somos Deus. Duvido que Drake estivesse falando de uma cosmovisão bíblica quando escreveu a canção "God's Plan" ["Plano de Deus"],[2] mas espero que ela faça os ouvintes se lembrarem de que o plano de Deus necessita ocupar o centro de nossa vida. Precisamos confiar no plano de Deus em vez de forçar o nosso.

> Precisamos começar a valorizar a integridade em lugar do ganho, o caráter em lugar do carisma e a realidade em lugar da reputação.

6. *Colocamo-nos adiante de nossa esposa e damos mau exemplo a nossos filhos.*

Um dos principais motivos pelos quais os relacionamentos entre rapazes e moças se rompem com tanta facilidade está

---

[1] Mateus 23.27. [N. do T.]
[2] Música lançada nos Estados Unidos em 2018. [N. do T.]

nos exemplos que eles veem nos relacionamentos rompidos entre marido e esposa. Muitos homens usam esses critérios egoístas para redefinir o casamento. É comum usarmos nossa esposa ou fazer exigências egoístas em vez de amá-las verdadeiramente. As esposas merecem tratamento melhor. Os filhos merecem tratamento melhor. Se seu casamento está em crise e você não sabe por onde começar, consulte, por favor, os vários artigos, vídeos, eventos e recursos relativos ao casamento que disponibilizamos em inglês em <www.MarriageToday.com>.

7. *Valorizamos o* networking[3] *em lugar de amizades genuínas.*

Em nossa busca por conquistas pessoais e profissionais, temos a tendência de ver os outros como mercadorias ou bens de consumo em vez de amigos. No processo, perdemos de vista até o significado da palavra "amizade". Vemo-nos cercados de pessoas que nos devem favores, mas não sabemos o que significa fazer uma boa ação a alguém sem pensar em recompensa. Precisamos voltar aos nossos valores básicos. Precisamos investir em amizades significativas. São os relacionamentos que dão significado à vida. Quando você e eu estivermos no leito de morte, nossa fé, nossa família e nossos amigos serão o que mais importará.

A busca pela masculinidade autêntica

Minha esposa foi criada em um lar com uma irmã e nenhum irmão. Nunca viu um evento esportivo na televisão nem assistira a um jogo profissional durante toda a infância.

---

[3] Rede de contatos com pessoas que trocam informações, experiências e conhecimentos entre si, gerando benefícios para todos os envolvidos. [N. do T.]

Por outro lado, fui criado em uma casa repleta de irmãos, com um pai que havia sido um craque de futebol e até jogava de vez em quando na NFL.[4] O esporte estava no DNA de nossa família. Apesar de ser o mais baixo e o menos atlético em relação aos meus irmãos, o esporte foi muito importante em minha infância. Quando começamos a namorar, lembro que Ashley me perguntou: "Por que vocês homens gostam tanto de esportes?".

Sei que muitas meninas e mulheres adoram o esporte tanto quanto os homens, portanto não quero fazer uma generalização sexista aqui, mas os meninos e os homens são mais inclinados a gostar de esportes porque a testosterona nos motiva à competição física. Acho, porém, que esse não é o motivo principal. Ao responder à pergunta de Ashley sobre os homens e os esportes muitos anos atrás, minha resposta foi aparentemente instintiva e quase me surpreendeu. Foi como se eu estivesse deitado no sofá de um terapeuta e descoberto um momento revolucionário que me ajudou a entender minhas conexões mentais.

Percebi que amava os esportes, embora os esportes não me fizessem bem. Certa vez, cheguei a vomitar na frente das líderes de torcida durante um treino de beisebol. Fui dispensado do time no dia seguinte. Vomitei também durante um treino de futebol. Minha carreira de atleta produziu mais vômitos que vitórias! Evidentemente, eu não gostava de esportes por causa da glória, porque minha glória foi muito escassa. Amava os esportes por um motivo sobre o qual nunca havia parado para pensar até aquele momento.

Respondi à pergunta de Ashley dizendo que um dos motivos pelos quais os homens gostam de esportes é porque o esporte faz sentido. Os esportes possuem limites claros e

---

[4] National Football League ou Liga Nacional de Futebol. [N. do T.]

regras claras. O uniforme de cada time indica quem é nosso aliado e quem é nosso adversário. As demarcações no campo indicam exatamente onde devemos nos posicionar. O placar mostra se estamos vencendo ou não. O relógio indica exatamente quanto tempo falta para realizar o que necessita ser realizado. As ações do árbitro ou juiz mostram quem tem autoridade para intervir quando alguém infringe uma regra. As líderes de torcida incentivam os torcedores com entusiasmo e nunca criticam quando seu time está perdendo. Os colegas do time sempre ficarão do seu lado mesmo quando você errar a jogada.

A maioria dos homens deseja secretamente que a vida toda tenha esse tipo de clareza, e somos constantemente tentados a fugir das pressões da vida real e a buscar mundos virtuais como ligas de esportes de fantasia nas quais tudo parece fazer mais sentido. Mesmo quando não gosta necessariamente de esportes, o homem sente atração por passatempos ou escolhas na carreira profissional com medidas semelhantes para o sucesso. Seja jogando *vídeo game*, seja negociando ações, há regras claras e medidas claras (ou pontos ou dólares) para indicar fracasso ou sucesso.

Essa não é uma justificativa para os homens que abandonam as responsabilidades no lar e passam grande parte do tempo no campo de golfe ou jogando futebol pela internet. Não é uma desculpa para os homens que consideram o dinheiro ou as realizações como medidas principais do sucesso, mas é uma diferença sutil e importante da mente de um homem, que deve ser entendida antes de mergulharmos na investigação sobre o significado da autêntica masculinidade. A maioria dos homens deseja ser um "bom homem" ou um "homem de verdade", mas vivemos em um mundo sem medidas claras para determinar se estamos no caminho certo ou errado.

Apesar de nossa firme necessidade de encontrar estrutura e sucesso definido, a maioria dos homens e dos meninos luta contra inseguranças por não saber se está no caminho certo para a masculinidade. Às vezes, a obsessão por trabalho ou passatempos não passa de uma distração para mascarar a incapacidade que sentimos em relação a assuntos mais profundos. Não sabemos se estamos seguindo o caminho certo rumo à masculinidade, porque nossa cultura redefine constantemente o significado verdadeiro dessa palavra. Perdemos de vista o significado de ser um homem de verdade, se é que essa coisa ainda existe.

Comecei a rir diante da ironia de estar escrevendo um capítulo sobre o que significa ser um homem de verdade, porque um diagnóstico recente de um problema na tireoide fez meus níveis de testosterona baixarem. Mesmo com níveis normais de testosterona, nunca deixei crescer uma barba espessa e, quando tento deixar crescer, pareço um garoto do ensino médio com uma barba fina e rala! Sou capaz de contar os pelos no peito com uma das mãos, mas estou chegando à idade em que os pelos começam a aparecer em todos os lugares que não quero que cresçam. Provavelmente, essas informações são mais detalhadas do que você gostaria de saber sobre os pelos de meu corpo.

Portanto, se os níveis de testosterona não são o indicador mais preciso sobre a verdadeira masculinidade, o que poderá ser? Creio que a maioria de nós define a masculinidade (e a feminilidade) em termos irreais e superficiais. Como você deve saber, nosso mundo é muito rápido em julgar as pessoas pela aparência exterior. Hoje, enquanto assistia ao primeiro treino de beisebol de meu filho de 6 anos, ouvi os comentários de um dos garotos sobre o revezamento dos batedores para rebater a bola. Ele disse com sabedoria: "A gente não sabe quem vai ser um bom batedor só pela aparência".

Alguns meninos que tinham a aparência de bons jogadores e possuíam todos os equipamentos de beisebol certos foram ao quadrilátero e rebateram a bola com movimentos desajeitados. Outros que eram menores ou não intimidavam ninguém com seu porte físico foram ao quadrilátero e revelaram uma habilidade aprimorada depois de muitas horas de treino no quintal com o pai.

Gostaria que nós, os adultos, tivéssemos a sabedoria daquele menino de 6 anos, para não julgar se alguém é bom apenas por causa da aparência. Em um mundo que comemora superficialidades e tenta definir as pessoas com termos banais, tento lembrar a mim mesmo que a opinião de Deus é a única que verdadeiramente importa, e 1Samuel 16.7c diz: "O homem vê a aparência, mas o SENHOR vê o coração".

A masculinidade autêntica é, claro, muito mais que níveis de testosterona, altura, aparência ou habilidade atlética. As pessoas podem prejulgar você com base em sua aparência, os exames de sangue podem medir seus hormônios, mas não existe exame de sangue capaz de medir a integridade e o caráter de um homem. Quero que meus filhos saibam que ser um homem de verdade é muito mais que bravata machista; é ser honrado e respeitador. Os homens de verdade respeitam as mulheres e respeitam a si mesmos.

Há certamente homens valorosos ao nosso redor, mas há também um vazio cada vez maior criado por homens que abandonam suas responsabilidades e deixam a mulher e os filhos à própria sorte. No Japão, há um novo produto que cria uma sombra em movimento de um homem nos muros da casa para proteger as mulheres que estão sozinhas e avisa aos possíveis intrusos que há um homem na casa vigiando o local.[5] Talvez seja um produto prático, mas vejo, de alguma forma, como uma triste ilustração sobre a vida. A masculinidade autêntica está sendo substituída por uma simples sombra da coisa verdadeira, e a ausência de homens força as mulheres e as crianças a se contentarem com sombras.

Há muitos homens ausentes em termos físicos ou emocionais. O respeito começa com a presença. Os homens precisam parar de fugir da responsabilidade e começar a correr em direção a ela. Os homens precisam parar de fugir das dificuldades e começar a assumir responsabilidade para resolver as dificuldades.

É claro que alguns homens continuam presentes por motivos errados, e sua ausência seria muito mais satisfatória. Quando o homem não entende o significado de masculinidade verdadeira, muito sofrimento pode ser infligido aos que o rodeiam. Quando vejo o desrespeito generalizado pelas mulheres e a objetificação sexual das mulheres em nossa cultura, eu me convenço de que uma das raízes do problema é que perdemos de vista o significado de masculinidade respeitável. Acreditamos no mito de que podemos definir gênero com as palavras de nossa preferência, portanto uma digressão dessa lógica errônea significa que podemos também definir masculinidade com nossas próprias palavras.

No vácuo de quaisquer absolutos culturais ou autoridade moral, muitos meninos e homens criaram um sistema de valores não escrito baseado nos aspectos mais primitivos da masculinidade. Em vez de valorizar moderação sexual e a monogamia,

---

[5] Shadow-Boxing Tough Guy Should Protect Home-Alone Japanese Women. **Reuters**, 21 abr. 2018. Disponível em: <https://www.reuters.com/article/us-japan-shadow-boyfriend/shadow-boxing-tough-guy-should-protect-home-alone-japanese-women-idUSKBN1HS09E>.

comemoramos as proezas sexuais e a promiscuidade dos homens que podem seduzir indiscriminadamente um grande número de mulheres.

Em vez de valorizar a humildade, comemoramos a arrogância. Basta ouvir as letras das músicas mais populares. Os homens que idolatramos como gurus da música quase sempre cantam sobre a objetificação das mulheres, um desrespeito pela lei ou qualquer autoridade, e uma comemoração ao fútil materialismo.

Em vez de servir, comemoramos ser servidos. Mesmo nós que seguimos Cristo temos a tendência de encobrir seus ensinamentos ousados a respeito de servir ao próximo. E, em vez disso, medimos nossa grandeza pelo número das pessoas que nos servem. Esquecemos que qualquer um que não esteja disposto a segurar uma porta aberta para alguém passar ou segurar uma vassoura não está preparado para segurar o microfone ou ocupar posição de liderança.

Em vez de valorizar a responsabilidade ou a maturidade, parabenizamos os rebeldes que se gabam da falta de responsabilidade com os outros. Ignoramos as vozes da sabedoria e seguramos microfones para zombadores tolos que ridicularizam e amaldiçoam qualquer coisa e esbravejam e, ainda assim, não tomam nenhuma atitude nem fazem sacrifícios pessoais para melhorar o mundo.

Nossa cultura está presa a uma guerra civil na qual metade parece estar guerreando contra os homens e a outra metade parece estar trabalhando agitadamente para redefinir a masculinidade. Nenhuma dessas tentativas trará resultados duradouros. Criticar severamente os homens não produzirá melhores resultados, tampouco uma tentativa fútil de redefinir a masculinidade com base em nossas agendas e ideias, que estão sempre mudando, sobre o que é politicamente correto.

Não precisamos de uma nova definição de masculinidade. Precisamos voltar à definição bíblica e eterna da masculinidade e descobrir meios de ajudar nossos meninos a porém em prática aquela marca de verdadeira masculinidade em nossa cultura moderna. Quando vejo os noticiários ou um canal de filmes por assinatura, confundo-me facilmente com a definição de masculinidade, mas, quando leio a Bíblia, a explicação é cristalina.

Tendo essa clareza como objetivo, vamos passar o restante deste capítulo identificando visivelmente alguns fundamentos da masculinidade descritos na Bíblia e depois discutiremos sobre como ajudar nossos filhos a desejar possuir essas características na vida deles.

Sete lições que transformam um menino em homem

> *"Quero que meus filhos entendam as emoções das pessoas, suas inseguranças, suas aflições e suas esperanças e seus sonhos."*
> — Princesa Diana

Uma vez que Deus me confiou o dever sagrado de educar quatro meninos para serem homens dignos, quero ter certeza de que estou ensinando as lições corretas a eles! Eles estão crescendo em um mundo no qual a masculinidade foi redefinida e é difícil encontrar bons exemplos. Quero que os meus filhos saibam que não se tornarão homens automaticamente só porque começaram a barbear-se ou chegaram aos 18 anos de idade. A masculinidade gira em torno de muito mais que pelos e idade. Ashley e eu queremos ajudar os nossos filhos a marcarem a jornada rumo à masculinidade com alguns momentos importantes que compartilhamos juntos.

Em nossa família, criamos ritos de passagem quando os meninos entram na adolescência. Inspirados pela política familiar do autor Bob Goff de levar os filhos a viagens de aventura quando completam 10 anos de idade, estabelecemos uma atividade semelhante. No ano em que completa 10 anos, cada um deles pode escolher qualquer lugar dos Estados Unidos e viajar até lá com a mãe. No ano em que completam 12 anos, eles fazem uma viagem missionária ao Orfanato Casa Shalom na Guatemala.

No ano em que completam 13 anos, planejamos algo muito especial. Treze anos é a idade em que algumas culturas reconhecem que a criança chegou à maturidade, como, por exemplo, a cultura judaica, na qual há uma meticulosa comemoração denominada de Bar Mitzvah. Em nossa família, no ano em que completam 13 anos, os meninos fazem uma viagem internacional comigo a qualquer lugar que escolherem. Cooper, meu filho mais velho, escolheu Londres, e seguiremos para lá ainda nesta semana. Faz anos que planejamos essa viagem e aguardamos com ansiedade!

Quando os meninos ficarem mais velhos, planejaremos outros ritos de passagem para comemorar cada marco da vida deles. Esses eventos não necessitam ser o mesmo em toda família, mas minha forte recomendação é que você programe o seu. Comemore esses momentos e faça o possível para criar datas e lembranças marcantes com os seus filhos. Talvez isso exija um pouco de dinheiro e planejamento, mas prometo que valerá a pena. As fotos favoritas que exibimos de nossa família e as histórias favoritas que contamos são de nossas aventuras. Elas também nos dão a oportunidade de ensinar mais uma vez lições sobre fé, família, respeito e o verdadeiro significado de ser homem.

Como já mencionei, os ideais modernos de masculinidade são uma mistura de exemplos irreais e até destrutivos. A cultura *hip-hop* quase sempre apresenta o homem como desobediente às leis, materialista e mulherengo, sem nenhum respeito pelas autoridades. Isso é particularmente prejudicial ao público em locais onde muitos pais estão ausentes. Esses meninos estão à procura de exemplos, e, infelizmente, quando não há nenhum em casa, os apresentados no rádio e na televisão quase sempre preenchem o vazio.

A imprensa predominante pinta o quadro da masculinidade ideal de modos drasticamente diferentes. Em um momento, os homens são instruídos a rejeitar sua masculinidade e assumir uma perspectiva da dinâmica da família moderna na qual não há praticamente nenhuma distinção entre os homens e as mulheres, com exceção da genitália. No momento seguinte, os homens são instruídos a ser "durões", o que significa qualquer coisa, desde comer mais carnes vermelhas e levantar pesos até trabalhar por mais horas para concretizar o sonho da família.

Com tantas mensagens conflitantes e tão poucos canais saudáveis para expressar a genuína masculinidade, muitos homens se escondem em sua "caverna masculina" ou no mundo cibernético de *videogames*, pornografia, mercado de ações ou futebol imaginário. Não quero isso para os meus filhos. Quero que sejam homens corajosos de acordo com o plano de Deus para eles — e que não vivam apenas no mundo da fantasia. Não quero educá-los com uma ideia de masculinidade baseada em minhas opiniões ou nas opiniões de nossa cultura que tanto mudam. Quero que aprendam as verdades da masculinidade com Aquele que criou os homens.

E como a Escritura define a genuína masculinidade? Para ajudar-nos a ter maior clareza e uma base em comum, compartilho a definição que extraí de meu estudo sobre o assunto. Trata-se de uma definição que almejo seguir todos os dias, tentando ser um exemplo dela para os meus filhos enquanto os instruo a fazer o mesmo.

> Homem genuíno é aquele que luta corajosamente pelo que é certo, busca ter responsabilidade sem ser egoísta, trabalha exaustivamente para sustentar a si mesmo e aos outros, pratica a autodisciplina, respeita as mulheres e respeita os outros homens, vive com integridade e confia em Deus como seu Pai amoroso e como autoridade suprema de todas as coisas.

Cada aspecto dessa definição é importante, porém fará mais sentido se a analisarmos em detalhes e examinarmos um princípio por vez. Vamos dividir a definição em sete verdades eternas contidas na Palavra de Deus sobre os deveres do homem, cuja aplicação se estende universalmente a todos os homens em todas as culturas. São estes os princípios que espero ensinar a meus filhos e ser exemplo deles.

1. Tenha coragem para lutar pelo que é certo.

Ser homem não significa ter de andar por aí esmurrando pessoas como se você participasse de uma luta do UFC (Ultimate Fighting Championship); significa que você deve ter coragem para assumir uma posição pelo que é certo. Seja o porta-voz dos indefesos. Defenda os fracos. Lute por justiça em favor dos oprimidos. Lute por sua família.

> Não tenham medo deles. Lembrem-se de que o Senhor é grande e temível e lutem por seus irmãos, por seus filhos e por suas filhas, por suas mulheres e por suas casas. (Neemias 4.14b)

2. *Busque ter responsabilidade em vez de fugir dela.*

Os meninos fogem da responsabilidade; os homens correm em direção a ela. Se você é adulto, mora com seus pais e vive mudando de uma mulher para outra e de um emprego para outro, você não é um homem; é um menino com barba. Cresça.

> O filho sábio dá alegria ao pai;
> o filho tolo dá tristeza à mãe. (Provérbios 10.1)

3. *Trabalhe exaustivamente naquilo que você faz e, quando constituir família, trabalhe exaustivamente para sustentá-la.*

Sua esposa e seus filhos precisam saber que você estaria disposto a passar fome para poder alimentá-los. Não é tarefa do governo alimentar sua família. É tarefa *sua*. Não há nenhuma vergonha em buscar auxílio em tempos de necessidade, mas você deve estar disposto a trabalhar exaustivamente para sustentar sua família.

> Se alguém não quiser trabalhar, também não coma.
> (2Tessalonicenses 3.10b)

4. *Demonstre ser paciente e controlado. Não seja governado por seu temperamento ou pelas tentações.*

Lembre-se de que uma das maiores distinções bíblicas entre o sábio e o tolo é a capacidade de controlar-se e não ser controlado por seu temperamento ou necessidade de gratificação imediata. As emoções são um instrumento oferecido por Deus, e há maneiras saudáveis e importantes de expressá-las, mas não seja governado por elas. Se você não aprender a dominar a raiva e as emoções, a raiva e as emoções o dominarão.

> O tolo dá vazão à sua ira,
> mas o sábio domina-se. (Provérbios 29.11)

5. *Respeite sua esposa antes do casamento afastando-se do pecado sexual. Respeite sua esposa depois do casamento permanecendo fiel, respeitoso e carinhoso em todas as circunstâncias.*

Sua vida e seu legado serão definidos, de muitas formas, pelo modo em que você ama sua esposa. Respeite todas as mulheres, mas respeite sua esposa acima de tudo. Ela merece o seu melhor, não o que sobrou depois que você deu o que tinha de melhor a todos e a tudo. Mostre-lhe que está disposto a morrer por ela. Quando for marido e pai, mostre a seus filhos homens o que significa amar e respeitar a esposa, porque é pelo seu exemplo que eles aprendem o significado de casamento.

> Maridos, ame cada um a sua mulher, assim como Cristo amou a igreja e entregou-se por ela. (Efésios 5.25)

6. *Seja um homem de palavra e honre seus compromissos.*

Cumpra seus compromissos. Essa é a essência da masculinidade. Pague suas dívidas, mantenha sua palavra e fale sempre a verdade. Quando explodir de raiva, admita e peça perdão.

Seja um homem íntegro, que significa simplesmente ser honesto, digno de confiança e a mesma pessoa tanto em público quanto em particular. Não tome decisões com base em seus sentimentos; faça escolhas com base em seus compromissos.

> [...] que mantém a sua palavra,
> mesmo quando sai prejudicado. (Salmos 15.4)

7. *Confie em Deus. Permita que sua Palavra seja o mapa rodoviário de sua vida.*

Deus fez você, e o plano dele para a sua vida é o único plano que tem valor. Não seja tão orgulhoso a ponto de tentar fazer as coisas sozinho. A vida foi feita para que você tenha um relacionamento com seu Criador. Se estiver andando com ele, você sempre seguirá na direção certa! Se seus sentimentos entrarem em conflito com o que está escrito na Bíblia, seus sentimentos estão errados. A Bíblia nunca vai conduzir você na direção errada. Quanto mais você estudar a Palavra de Deus e confiar nela, mais o Espírito Santo moldará seu caráter, tornando-o cada vez mais semelhante a Jesus.

> Confie no SENHOR de todo o seu coração
> e não se apoie em seu próprio entendimento;
> reconheça o SENHOR em todos os seus caminhos,
> e ele endireitará as suas veredas. (Provérbios 3.5,6)

Seria bom que você memorizasse com seus filhos todas as sete citações da Bíblia que acabo de mencionar. O plantio da Palavra de Deus em nossa mente e coração proporciona uma bússola para nosso caráter. A Bíblia também diz:

> Guardei no coração a tua palavra
> para não pecar contra ti (Salmos 119.11).

Quando você sentir que está falhando como pai ou mãe, lembre-se de...

Talvez, ao ler estas palavras, você esteja sentindo culpa em vez de encontrar encorajamento. A sensação é a de que a situação não tem mais jeito e que, de alguma forma, você já prejudicou a vida de seus filhos para sempre. Sente-se culpado por suas deficiências apresentadas na lista anterior sobre como os homens estão fracassando. Talvez você, leitora, seja mãe e esteja se sentindo culpada por causa dos erros que cometeu ou dos erros que permitiu que seu marido cometesse (ou pela falta da figura de um pai na vida de seu filho). Talvez esteja com vontade de deixar este livro de lado, tomar uma taça de vinho e conformar-se com o fato de que nunca será uma boa mãe.

Às vezes, todos nós nos sentimos assim. Por favor, não permita que o desânimo impeça você de seguir em frente. Ser pai ou mãe é provavelmente a tarefa mais difícil do Planeta, mas também a mais gratificante. É um dever sagrado, um dever ininterrupto, uma responsabilidade potencialmente amedrontadora e um trabalho que define um legado. Com todas as pressões provenientes de uma missão tão grandiosa, nós, que somos pais, temos a tendência de nos culpar pelos nossos erros com muita facilidade. Vou contar uma pequena ideia que me ajudou nos dias em que me senti um fracasso como pai, um fato que ocorre quase todos os dias.

Quando sentir que está fracassando, lembre-se de que os pais terrenos de Jesus o perderam durante três dias enquanto viajavam por uma estrada. No primeiro dia, eles nem sequer sabiam que o filho não os acompanhava! Verdade. Procure a história na Bíblia. Damos o nome de José e Maria a estátuas e catedrais, mas nos sentimos culpados quando perdemos nosso filho por dez minutos dentro de um supermercado! Seja mais complacente consigo mesmo.

Os pais têm a tendência de receber muitos elogios quando os filhos agem corretamente, e sentimos muita culpa quando cometem erros. Conheço muitas pessoas que imaginam ser pais excelentes só porque o primeiro filho era naturalmente "agradável", com personalidade mais dócil e acessível. Julgavam os outros pais que tinham filhos indisciplinados até o dia em que tiveram um filho de temperamento forte! O comportamento de nossos filhos — positivo ou negativo — nem sempre é resultado da educação que lhes demos. Se você não acredita em mim, pense no fato de que Deus é um Pai perfeito e, mesmo assim, seus filhos (nós) fazemos escolhas erradas todos os dias.

> O trabalho mais importante que você vai realizar na vida será dentro das paredes da sua casa.

Cada filho é uma obra de arte única. Nossa responsabilidade sagrada é amar, preparar, encorajar, disciplinar e orientar cada um deles para que sejam adultos responsáveis. Não cabe a nós criar filhos bons; cabe a nós criar adultos responsáveis e investir em nosso relacionamento com eles de modo que continuem a querer nos ver quando crescerem e não precisarem mais nos ver. Não significa que ser amigo do filho (ou seu melhor amigo) seja mais importante que ser seu pai.

Significa apenas que, de acordo com o dr. James Dobson, "regras sem relacionamento produzem rebelião".

Continue a aprender, a crescer e a lutar para ser um bom pai, porque o trabalho mais importante que você vai realizar na vida será dentro das paredes de sua casa. Comemore os belos momentos ao longo do caminho e, nos dias em que sentir que falhou como pai, seja condescendente consigo mesmo. Seus pais nunca foram perfeitos, e você continua a ser um pai incrível!

Portanto, munidos de nova coragem e perspectiva, como podemos traçar um rumo para nossos filhos? Como podemos ajudá-los a vencer as deficiências do passado e também as nossas deficiências? Nos capítulos seguintes, focaremos meios para ajudar nossos filhos a serem os homens honrados e íntegros que Deus planejou que fossem. Você, pai ou mãe, tem muito mais influência na vida de seu filho do que imagina. Você está ajudando a moldar o homem que ele será um dia.

Nas próprias palavras das mulheres

"O homem mais forte que conheci foi meu pai. Ele foi ferido no Vietnã e ficou paralítico para sempre. Mostrou-me que a verdadeira força do homem não está no tamanho de seus músculos, mas no tamanho do compromisso que ele tem com sua fé e família. Quero que meus filhos tenham o caráter e a coragem do avô quando crescerem."

Myra O. (44 anos)

"O homem de verdade respeita as mulheres. O homem mau usa as mulheres. Simples assim."

Kim Y. (51 anos)

"Os meninos de minha escola são grosseiros, mas são legais também. Gosto de fazer amizade com meninos porque eles são menos dramáticos que os grupos de meninas, mas às vezes meus amigos dizem coisas que me deixam muito desconfortável."

Abby A. (13 anos)

"Somos cinco! Uma mulher e quatro homens (não é justo, kkkkk). Sinto-me desrespeitada quando ninguém espera por mim. Eles começam a andar, e eu fico para trás. E, quando vamos ao cinema e eles querem ver filmes de super-heróis, ninguém se importa com o que eu quero ver. Sinto-me respeitada quando abrem a porta para mim e me esperam. Quando eles veem um filme que eu gosto e se importam comigo."

Perla R. (39 anos)

Capítulo 5

A VERDADE NUA E CRUA SOBRE O SEXO

Fujam da imoralidade sexual. Todos os outros pecados que alguém comete, fora do corpo os comete; mas quem peca sexualmente, peca contra o seu próprio corpo.

1Coríntios 6.18

Dois anos atrás, Cooper, meu filho mais velho, estava entrando na adolescência e chegou a hora de termos uma conversa séria sobre sexo. Ashley e eu sempre fomos abertos com os meninos, tentando assimilar o choque e o escândalo provenientes de conversas sobre sexo. Das formas mais apropriadas possíveis para a idade dele, tentamos manter um diálogo aberto sobre mudanças no corpo, mudanças hormonais, mensagens confusas sobre sexo em nossa cultura e o plano de Deus para o sexo na Escritura. Queremos que nossos filhos recorram primeiro a nós quando tiverem perguntas sobre sexo em vez de procurar na internet ou nos amigos do ônibus escolar.

Todas aquelas conversinhas ao longo do caminho culminaram finalmente na mais antiga de todas as conversas sobre sexo. Eu não tinha certeza se estava preparado nem se ele estava preparado, mas havia adiado tempo suficiente. Em busca de apoio, recorri aos CDs "Passport2Purity" lançados pela

FamilyLifeToday.[1] Um comentário rápido que decidi incluir por conta própria: esses CDs foram um recurso excelente, e eu os recomendo a qualquer pai que queira ter um diálogo saudável com os filhos sobre sexo.

Cooper e eu iniciamos nossa jornada noturna com uma conversa de homem para homem, e, com as palmas das mãos transpirando e o coração batendo acelerado, coloquei o primeiro CD para tocar. Já o havia avisado da melhor forma possível que teríamos muitas conversas sobre sexo nos próximos dias, e ele estava mais apavorado que eu. Tentei manter um clima animado, mas penso que ele percebeu meu nervosismo. Senti-me como um adolescente desajeitado quando o primeiro CD começou a ser tocado.

Tentei manter os olhos fixos no assunto o mais que pude, e Cooper fez o mesmo. Penso que aquele foi o tempo mais longo que passamos com alguém sem ter nenhum contato visual. Finalmente, chegamos à primeira pausa no CD, quando deveríamos passar um tempo conversando sobre o que acabáramos de ouvir. Esforcei-me para parecer entusiasmado e disse: "E aí, garoto! O que você achou? Muitas informações úteis, não?".

Ao virar-me para saber qual foi a sua reação, vi-o com o corpo curvado, segurando a cabeça sobre os joelhos, na posição de alguém que estava vomitando em um avião. Aguardei um momento para ter certeza de que ele não estava vomitando. Depois esperei mais um pouco para ter certeza de que eu não vomitaria. Nenhum de nós vomitou.

Conseguimos nos recompor, rimos de nossa falta de jeito e iniciamos uma conversa importante sobre o plano perfeito

---

[1] Disponível em inglês em: <https://shop.familylife.com/t-fl-passport2purity.aspx>.

de Deus para a bênção do sexo e como esse plano tem sido distorcido, mal usado e redefinido por uma cultura que busca significado e prazer longe de Deus. Conversamos sobre a alegria do sexo quando expresso dentro de um casamento saudável e a consequência negativa do sexo quando usado de forma negligente.

Conversamos sobre como o sexo deve ser sempre fundamentado no respeito. Quando escolhemos fazer mau uso do sexo, desrespeitamos a nós mesmos, desrespeitamos nosso parceiro sexual e desrespeitamos o Deus que criou o sexo e nos criou à sua imagem. Nessa situação, todos saem machucados. Quando o respeito pelas leis de Deus, o respeito por nosso corpo e o respeito pelas filhas de Deus se encontram na vanguarda de nossos pensamentos, deixamos de perguntar: "Até que ponto posso avançar sem me complicar?". Ao contrário, perguntamos: "Até que ponto posso mostrar mais respeito pelo meu Criador e pelas mulheres que ele criou à sua imagem?". Se adotarmos essa atitude, seremos capazes de apreciar o padrão de sexualidade que o apóstolo Paulo apresentou a todos os cristãos, quando disse: "Entre vocês não deve haver nem sequer menção de imoralidade sexual [...]" (Efésios 5.3).

Quero que meus filhos adotem os padrões sexuais da Bíblia, resumidos no livro *Every Young Man's Battle* [A batalha de todo rapaz] com sua grande promessa de pureza: "Pureza sexual é não receber nenhum prazer sexual de nada ou de ninguém além do cônjuge".[2]

Esse padrão é alto, mas é o padrão certo. Se for ensinado aos nossos filhos, ele evitará muito sofrimento desnecessário

---

[2] ARTERBURN, Stephen; STOEKER, Fred. Colorado Springs, CO: Waterbrook, 2002. p. 218.

na vida deles e na vida das moças que namorarem antes do casamento. Quero que esse desejo por pureza sexual tome conta do coração de meus filhos e se torne muito mais que uma regra a ser seguida. Quero que entendam pureza sexual como um estilo de vida honrada.

Não quero que meus filhos tentem manter a pureza sexual com base em alguma forma mal orientada de legalismo nem que tentem conquistar o favor de Deus por meio dela. O legalismo concentra-se no rígido cumprimento dos mandamentos de Deus, mas a fé verdadeira preocupa-se muito mais em não partir o coração de Deus nem partir o coração daqueles que seriam prejudicados por nosso pecado. O plano redentor de Deus está sempre fundamentado em relacionamentos saudáveis, e, quando fazemos mau uso do sexo, escancaramos a porta para a entrada do grande destruidor dos relacionamentos saudáveis. Cada decisão que tomamos, inclusive sobre sexo, deve ser tomada sempre pensando naquilo que redundará em saúde e cura nos relacionamentos com Deus e com os outros.

Quando olhamos para a atual cultura que nos rodeia, vemos em toda parte exemplos de pessoas fazendo mau uso da dádiva do sexo concedida por Deus. A noção de que o sexo foi criado para um compromisso monógamo e por toda a vida entre marido e esposa é tratada com desprezo, como se fosse um método arcaico e fora de nosso alcance. Sob o disfarce de elucidação e progresso, definimos o sexo com nossas palavras e menosprezamos as consequências óbvias que nossa rebelião sexual criou.

Quero compartilhar um exemplo da História sobre um grupo de pessoas com boas ideias e bons motivos que perderam a noção a respeito do sexo. Em razão disso, o movimento idealizado por elas morreu completamente. Em vez de cometer o erro do extremismo moderno da promiscuidade, elas cometeram o erro de defender a castidade a ponto de acreditar que tudo relacionado a sexo era errado.

Quando "sexo" se torna uma palavra suja

> *"Gostaria que meus pais conversassem comigo sobre sexo. Sei que poderia parecer obsceno a princípio ouvir um deles dizer a palavra, mas ouço coisas muito diferentes na escola e vejo pornografia mais como uma ferramenta educativa, para que, quando me envolver com uma garota, eu saiba o que devo fazer. Sempre que a palavra 'sexo' é mencionada em casa pela televisão ou outro meio qualquer, meus pais dizem apenas que se trata de uma 'palavra suja' e que não devemos falar coisas como essa. Acho que significa que devo descobrir por conta própria."*
>
> BILLY A. (15 anos)

No centro da região idílica de Bluegrass na região central de Kentucky, alojada em meio a campos ondulados e pitorescas fazendas de criadores de cavalos, você encontrará um conjunto gracioso de casas que parece um cenário de filme exibindo a vida de uma cidadezinha do século XIX. Todas as vezes que visito o local, vejo-me cantarolando a música tema de *Little House on the Prairie*.[3] Esse conjunto preservado de casas centenárias se chama Shaker Village of Pleasant Hill, conhecido pelos moradores como Shakertown [Cidade dos Shakers].

---

[3] Série de televisão americana produzida pela NBC, exibida no Brasil há mais de quarenta anos com o título de Os Pioneiros. [N. do T.]

Por ter sido criado no Kentucky central, vivi cercado por belezas naturais e fazendas de criadores de cavalos, mas a região não possuía muitos locais turísticos empolgantes, portanto Shakertown se destacava como novidade. Em quase todos os anos de minha infância, nossas escolas públicas faziam uma excursão ao campo para ver e aprender a história daquele grupo único e misterioso conhecido como shakers.

Os shakers foram pioneiros na igualdade de gêneros e criaram uma comunidade igualitária na qual os homens e as mulheres dividiam as responsabilidades de liderança sem estigmas ou limitações para definir o que uma menina seria quando crescesse. Séculos atrás, suas ideias eram radicais e revolucionárias.

Há muito que aplaudir a respeito dos shakers. Sua ética profissional e habilidade manual eram inigualáveis. Consideravam o trabalho como forma de adoração e faziam tudo para a glória de Deus. Esse compromisso com o trabalho primoroso explica, provavelmente, por que suas casas e até grande parte de seus móveis atravessaram séculos depois de construídos.

Também elogiamos o desejo daquela família de praticar a fé cristã como uma comunidade de igualdade. Escolheram ver o valor inerente em cada pessoa e reconhecer que todos, tanto homens quanto mulheres, possuem igual valor e são coerdeiros do Reino de Deus, como seus filhos e filhas. Dessa maneira, o modo de vida deles nos dá um pequeno vislumbre do céu.

Dentre todos os muitos atributos positivos que vemos nos shakers, há também aspectos muito perturbadores a respeito de sua crença. Embora defendessem o valor e a igualdade das mulheres em uma época na qual poucos partilhavam desses sentimentos, eles não valorizavam o casamento. Sem uma visão saudável sobre o casamento, eles sabotavam suas opiniões positivas sobre o respeito devido às mulheres.

Quando duas pessoas casadas decidiam associar-se aos shakers, elas passavam a integrar a comunidade como irmão e irmã em Cristo e como irmão e irmã de outros do vilarejo. Não se permitia mais que vivessem como casal. Os shakers exigiam separação rigorosa entre homens e mulheres. Embora tanto os homens quanto as mulheres pudessem ocupar cargos de liderança e fossem tratados com igualdade, eram também tratados separadamente.

Os homens e as mulheres moravam em casas separadas. Comiam em mesas separadas. Adoravam em locais separados do santuário. Havia até portas separadas de entrada e de saída. Também não acreditavam em sexo. Meu pai sempre dizia em tom de brincadeira que era por isso que eles estavam sempre tremendo: frustração sexual![4]

Os shakers buscavam igualdade por meio de separação. Eles falharam nesse ponto, porque a verdadeira igualdade só pode existir dentro do contexto de relacionamentos saudáveis. Jamais encontraremos igualdade verdadeira onde não existem relacionamentos, porque eles são o propósito da vida.

Você pode admirar uma pessoa sem a conhecer ou sem interagir com ela. Admiro muitas pessoas famosas que jamais conhecerei, mas respeito e amor são diferentes. Respeito e amor não podem existir sem que existam relacionamentos. Esses não são conceitos abstratos, mas expressões da vida real de nossa alma que somente as pessoas de vida real e que vivem de modo real podem dar e receber.

Quero que meus filhos cresçam nutrindo amor sincero e respeito pelas meninas e mulheres da vida deles. Esse tipo de

---

[4] Em inglês, a palavra *shaker* significa "aquele que treme ou agita". [N. do T.]

amor e respeito não se manifesta por meio de crenças saudáveis. Sempre exige relacionamentos saudáveis.

> Jamais encontraremos igualdade verdadeira onde não existem relacionamentos.

Provavelmente, você não ficará surpreso ao saber que o movimento dos shakers morreu e que tudo o que vemos hoje é o que sobrou de suas casas, móveis feitos à mão e crianças em idade escolar viajando para conhecer o estranho modo de vida daquele grupo. Ocorre que forçar o celibato não é uma boa ferramenta para recrutar pessoas e não faz nada para criar futuras gerações que ponham filhos no mundo. No entanto, é um belo lugar para ser visitado se você estiver um dia no Kentucky Central.

Quero fazer parte de um movimento que compartilhe a visão dos shakers em relação à igualdade de gêneros, mas que encontre meios para pôr aquela visão em prática nos relacionamentos, não na segregação. Quanto à criação dos meus filhos, quero que entendam que o verdadeiro respeito pelas mulheres precisa existir nos relacionamentos saudáveis com elas. Na escola, no trabalho, nas amizades e no casamento, o respeito pelas mulheres não ocorre à distância; ocorre nos relacionamentos.

Quero também que eles saibam que, quando evitamos falar sobre sexo, não há vencedores. No vácuo criado por nosso silêncio, as pessoas são tentadas a demonizar o sexo e a não usufruir a beleza dessa bênção de Deus no casamento ou podem ir ao outro extremo e ter uma vida promíscua. O sexo é uma dádiva poderosa e, quando mal usado, produz grande sofrimento e desrespeito. Quando, porém, o apreciamos no contexto certo, é uma das maiores bênçãos que Deus nos concedeu.

O sexo no *campus*

O sexo e o respeito estão intimamente ligados. Uma visão distorcida do sexo ou uma busca hedonista do sexo pode causar sofrimento incomensurável, culpa e bagagem emocional que interferirá no relacionamento. Quando não treinamos nossos filhos e filhas a compreenderem o significado sagrado da sexualidade através das lentes das leis de Deus, eles correrão risco maior de prejudicar seus futuros relacionamentos. Quando os pais se silenciam a respeito do assunto, os filhos vão para a faculdade em condições vulneráveis à tentação e às formas inconsequentes de experiência sexual. Essas fugas sexuais não podem ser descartadas despreocupadamente como se fossem um rito de passagem de "entrega às paixões". Não, essas ideias sexuais erradas e desrespeitosas podem produzir algumas cicatrizes dolorosas demais e inimagináveis.

Perto de Shakertown, durante um curso de pós-graduação em Estudos de Comunicação no *campus* da Universidade de Kentucky, lembro-me de estar sentado em círculo na companhia de outros alunos, ouvindo, escandalizado, as descobertas da nova pesquisa de nosso professor. O dr. Alan D. DeSantis foi um dos educadores mais talentosos, divertidos e ecléticos que tive. Ele era também conselheiro de algumas fraternidades e irmandades universitárias do *campus*, e eu estava aproveitando seu conhecimento da vida das fraternidades — por ter participado delas e agora atuando como conselheiro — para fazer uma análise profunda das funções dos gêneros e do comportamento sexual dos universitários modernos nas fraternidades e irmandades universitárias. Sua pesquisa abriu-me os olhos para a cultura muito difundida do desrespeito sexual que ocorre nos *campi* das universidades.

Ele começou a discussão explicando que havia uma longa história a respeito dos organizadores de eventos das fraternidades universitárias, quase sempre disfarçados de promotores de festas ou angariadores de fundos, com o objetivo principal de convencer as moças a se apresentarem como artistas diante deles. Em outras palavras, os rapazes da fraternidade sentiam-se no direito de desrespeitar as moças, tudo em nome da alegria e do divertimento. A expectativa da apresentação das mulheres passava dos limites e transformava-se em apresentação sexual. Posteriormente, o dr. DeSantis resumiu todas as suas descobertas em um inovador estudo de pesquisa e livro intitulado *Inside Greek U: Fraternities, Sororities, and the Pursuit of Pleasure, Power, and Prestige* [O interior das universidades: fraternidades, irmandades e busca de prazer, poder e prestígio].[5]

Dentre todas as descobertas que sua pesquisa de muitos anos revelou, nenhuma foi mais perturbadora que o clima sexual no *campus* e especificamente a objetificação sexual das mulheres. Os rapazes universitários pareciam gostar de interpretar o papel de feministas e, depois, sob o disfarce de empoderamento feminino, serviam bebidas fortes, criavam ambientes festivos e faziam qualquer coisa para levar o maior número possível de moças para a cama.

Mesmo quando não havia relação sexual convencional, os rapazes tornaram-se habilidosos na arte de coagir e convencer as moças a participarem de outros atos sexuais, como sexo oral e anal. Os rapazes usavam o corpo da mulher como gratificação

---

[5] Lexington: University Press of Kentucky, 2007. p. 69.

sexual e, ao mesmo tempo, elogiavam as moças por sua castidade, classe e "virgindade técnica".

Essas descobertas sobre o *status quo* sexual nos *campi* são muito mais perturbadoras quando associadas às estatísticas que mencionamos antes: uma em cinco mulheres é vítima de agressão sexual, e 30% dos rapazes universitários confessaram que estariam dispostos a cometer estupro se não fossem pegos. Os resultados da pesquisa do dr. DeSantis também estão de acordo com os comentários que ouvi enquanto estudava e lecionava em várias universidades. Aqueles tempos desenterraram afirmações perturbadoras como estas:

> *"Quanto mais 'posuda' uma garota se apresenta em público, mais ela deseja ser tratada como prostituta no quarto. É tudo um jogo. Eu trato as garotas esnobes como prostitutas e trato as prostitutas como garotas esnobes. É preciso apenas convencê-las a baixar a guarda, e elas acabam fazendo tudo o que quero no quarto."*
>
> CHASE E. (21 anos)

> *"Muitas garotas não querem dizer 'não' quando dizem 'não'. A resistência faz parte da sedução. Elas se fazem de difíceis porque sabem que os homens ficam excitados quando uma garota se mostra resistente. Elas também gostam das duas coisas: querem fazer sexo tanto quanto os rapazes, mas querem também ser vistas como moças 'direitas' ou coisa parecida. As garotas querem fazer sexo mesmo quando dizem que não querem."*
>
> JAKE K. (20 anos)

Afirmações como essas devem ser terríveis para os pais de meninas e também de meninos. Mesmo com toda a atenção política sendo dirigida a esses assuntos nos *campi*, os problemas persistem, porque é preciso mais que mudanças de política para fazer a diferença. É preciso haver mudança no coração.

Recentemente, quando estava em um *campus*, vi uma garota usando uma camiseta com os dizeres: "Got Consent?" ["Tem Consentimento?", tradução livre]. Essa é uma campanha popular nos *campi* para tentar reverter a onda de assédio sexual e agressão sexual indesejada em relação às mulheres. No mesmo dia, um rapaz com senso de humor doentio e inapropriado vestiu outra camiseta da fraternidade universitária, também muito conhecida, com dizeres que pareciam ser um contraponto impróprio, misógino e mal orientado à campanha "Got Consent?". Os dizeres eram estes: "No means Yes. Yes means Anal!" [Não significa Sim. Sim significa Anal!].

A todos vocês, pais ou mães de adolescentes, que estão lendo isso, prometo que não vou aterrorizar vocês com exemplos extremos de deterioração sexual nos *campi*. Não estou tentando convencer vocês a decidir que seus filhos recebam instrução escolar em casa, não no colégio, até completarem 30 anos de idade. Entendo o instinto que temos de proteger nossos filhos, mas precisamos também prepará-los para pôr a fé e os valores em prática neste mundo corrompido pelo pecado.

A boa notícia é que há muitos rapazes e moças tanto em universidades cristãs quanto em universidades seculares que se respeitam, mantendo pureza sexual e integridade. Há muitos cujos testemunhos nunca farão parte de capítulos tenebrosos que resultam de concessão sexual. Há muitos bons meninos por aí, e até mesmo para aqueles que fizeram concessões sexuais ou caíram em um ciclo de pecado sexual a graça de Deus é sempre maior que nosso maior pecado. Essas escolhas malfeitas não devem definir o futuro de ninguém.

E esta é a melhor notícia de todas: seus filhos podem estar entre aqueles que, na idade adulta, vão fazer escolhas sábias em relação ao sexo. Seus filhos podem deixar a segurança relativa que possuem em sua casa e aventurar-se mundo afora como jovens adultos equipados para lidar com as tentações e as armadilhas que enredam os despreparados com tanta facilidade. Seus filhos podem agir corretamente, mas cabe a você dar o primeiro passo e ter a coragem de iniciar uma conversa saudável sobre sexo com eles.

Não devemos aterrorizar nossos filhos e filhas quanto ao sexo. Não devemos manter nossos filhos e filhas enclausurados em uma realidade artificial na qual o sexo não existe. Não devemos nos mudar para Shakertown e nos converter a uma religião na qual não se pode falar de sexo nem apresentar o sexo como opção. Não devemos encerrar a conversa no momento em que nossos filhos têm o conhecimento biológico básico das funções de procriação do pênis e da vagina.

Precisamos ter a coragem de conduzir conversas saudáveis sobre sexo. Nossas conversas não podem fixar-se apenas na genitália e nas doenças sexualmente transmissíveis. Não há preservativo capaz de proteger a alma. Temos de falar sobre a unidade e a ligação espiritual que Deus tinha em mente quando criou a bela dádiva do sexo. Temos de falar das alegrias arrebatadoras do sexo quando desfrutado em um casamento monógamo, mas temos também de dar conselhos realistas sobre as armadilhas do sexo quando usado em contextos não apropriados. Temos de nos dispor a entrar no campo minado e ensinar lições sexuais de nosso próprio passado e de possíveis escolhas malfeitas. Se não fizermos isso, no vácuo criado por nosso silêncio, nossos filhos sempre receberão mensagens erradas.

Viver nu e não sentir vergonha

Um número muito grande de pais, igrejas e educadores tem transmitido uma mensagem falsa e perniciosa sobre sexo. Na tentativa de manter os filhos e filhas longe da exploração sexual arriscada e precoce, o sexo em si é quase sempre demonizado em nossas conversas. Neste livro (principalmente nos capítulos sobre masturbação e pornografia), vou compartilhar com detalhes razoavelmente explícitos as armadilhas do mau uso do sexo, mas evitar o mal é apenas metade da discussão — e eu diria que é a metade menos importante. Tão logo as pessoas têm um vislumbre do plano perfeito de Deus para o sexo, a busca por suas melhores dádivas fará que as simulações do pecado sexual pareçam pouco atraentes se forem comparadas.

> Precisamos ensinar assuntos sobre sexo aos nossos filhos de forma saudável e começar as conversas focando o positivo.

Certamente devemos evitar ter uma vida promíscua a qualquer custo, mas, em nossa piedosa tentativa de evitar a promiscuidade, jogamos fora o bebê com a água do banho, conforme diz o provérbio, e agimos como os shakers, condenando tudo o que se relaciona a sexo. Como pais, precisamos ensinar assuntos sobre sexo aos nossos filhos de forma saudável e começar as conversas focando o positivo. Precisamos parar de considerar *sexo* como um palavrão.

Às vezes, fazemos isso subconscientemente. Quando vemos uma imagem erótica na tela da televisão, em vez de separar um tempo para explicar por que aquela é uma exibição inapropriada de sexualidade e que atrair a atenção dos outros para o sexo não deve ser uma forma de divertimento para nós, decidimos simplesmente rotular a exibição de "nojenta" ou "lixo" e mudamos de canal. Sem entender o contexto, isto é, que o plano de Deus para o sexo é bonito, as crianças crescem vendo o sexo como algo negativo e depois, quando começam a ter sensações sexuais, acham que há algo errado com elas.

Isso conduz nossos filhos ao fracasso sexual e à vergonha. Sei que é mais fácil rotular alguma coisa como negativa do que ter um diálogo que pode produzir perguntas constrangedoras e possivelmente confissões sobre nossa própria história sexual e pecados do passado. É assustador, mas o constrangimento vale a pena para ajudar nossos filhos a descobrirem o que significa "viver nu e não sentir vergonha".

Não inventei a expressão "viver nu e não sentir vergonha". Na verdade, é uma ideia de Deus. Todas as grandes ideias são realmente dele. Podemos tentar renomear as coisas ou retutar para dizer palavras mais brilhantes, mas ele é o Criador de todas as coisas boas, inclusive do sexo.

Quando criou o homem e a mulher à sua imagem, Deus fez o homem e a esposa nus, e a Bíblia diz em Gênesis 2.25 que eles viviam nus e não sentiam vergonha. Gosto muito dessa imagem retórica. Gosto muito de saber que uma das primeiras lições que a Bíblia ensina é que Deus tem um lindo plano para o sexo e o casamento, e, embora os enganadores façam o possível para prejudicar os planos que Deus criou para o sexo, o projeto eterno de Deus continua a ser amor completo, intimidade, vulnerabilidade, prazer, aceitação e alegria. Ele ainda deseja que vivamos nus e não sintamos vergonha.

Ashley e eu sempre conversamos sobre esse conceito em nosso ministério para casais. Nas palestras sobre casamento e nas igrejas de todo o país, contamos aos casais a nossa história, nossas dificuldades e experiências, e também a respeito da graça e do amor redentor de Deus em nosso casamento. Expomo-nos diante dos outros para ajudar maridos e esposas a encontrarem coragem para expor-se também mutuamente. (Não se preocupe. Não ficamos nus diante de ninguém, a não ser diante um do outro!)

Creio que um casamento "nu" não é apenas físico. A imagem retórica da Bíblia sobre nudez aplica-se a todos os aspectos da vida. Nudez é uma figura de transparência e vulnerabilidade. Deus deseja que iniciemos o casamento sem segredos e sem nada a esconder. Deseja que não escondamos nada na roupa, porque não estamos usando roupa! É isso que desejo para meus filhos e para as mulheres com quem se casarão um dia. É isso que desejo também para seus filhos e filhas, porque é o que Deus deseja para todos os que são dele.

Viver nu e ser desavergonhado

Alguns de nós lutamos para descobrir um dia as alegrias de viver nus sem sentir vergonha, porque permitimos que o pêndulo balance na outra direção e tornamo-nos nus e desavergonhados. O que quero dizer é que nosso mundo tem uma forma de nos dessensibilizar a respeito da verdade de Deus e calejar nossa consciência até o ponto de esquecermos nossas sagradas convicções quando temos comportamentos destrutivos.

Se você tocar em um fogão quente por muito tempo, queimará seus terminais nervosos e não sentirá mais dor, embora o estrago continue a ser feito. O mesmo pode ocorrer no nível emocional e espiritual, não apenas no nível físico. Os "terminais nervosos" de nossa consciência podem parar de funcionar quando adquirimos o hábito perpétuo de desprezar a voz de Deus.

Quando isso acontece com o pecado sexual, em vez de viver nus sem sentir vergonha, passamos a viver nus e ser desavergonhados. Talvez não sintamos vergonha, porém não por inocência e intimidade, mas pela consciência calejada. A voz sutil do orgulho começa a sussurrar mentiras para nós, como: "Você pode fazer o que quiser. Não tem de dar satisfações a ninguém. Faça o que acha que é certo. Como pode ser errado se é tão bom? Ninguém vai sair machucado".

Quando começamos a acreditar nas mentiras, nossa vida se complica. Quero que meus filhos saibam que orgulho é pecado. O orgulho não é apenas pecado em si e de si; o orgulho é o solo onde todos os outros pecados criam raiz.

Parte do problema do orgulho pode estar em sua missão como pai ou mãe. O orgulho pode infiltrar-se quando não nos dispomos a ter conversas francas sobre sexo, porque temos medo de revelar demais nossas escolhas sexuais do passado. Não queremos que nossos filhos se sintam justificados a ter relações sexuais por causa de nosso mau exemplo ou talvez queiramos manter uma aura de superioridade moral ao permitir que nossos filhos vivam na ilusão de que nunca cometemos nenhum pecado.

Li recentemente um artigo de Roland Warren no qual ele conta algumas de suas experiências com esse assunto complicado de saber até que ponto devemos nos abrir com nossos filhos. Roland explicou que se tornou pai na adolescência e que o mesmo havia ocorrido com seu pai. Roland sentia-se constrangido por suas ações e queria que os filhos quebrassem o ciclo da família de ter filhos na adolescência, mas sabia que precisava de coragem para confessar seus erros aos filhos como parte da lição que lhes estava ensinando. Roland explicou seu raciocínio desta maneira:

> Se você tentar advertir seus filhos para que parem de fazer algo imoral ou ilegal e, ao mesmo tempo, continua a ter esse comportamento, você está sendo hipócrita. E muito provavelmente seus filhos vão criticar você. No entanto, o crescimento espiritual ocorre quando você aconselha seus filhos a não fazerem algo que você já fez e depois ficou sabendo que não agradava a Deus ou que violava os princípios de Deus. É o mesmo que um pai ou uma mãe dizer: "Eu estava cego(a), mas agora vejo". De fato, não pode ser chamado de hipócrita o cego que recupera a visão e ajuda os outros a não cair em uma vala perigosa. Ele é um herói. Também são heróis os pais e as mães que protegem seus filhos de repetirem os erros que eles cometeram no passado.[6]

A perspectiva de Roland apresentou-me o desafio de ser completamente sincero com meus filhos sobre as escolhas sábias e as escolhas tolas. Quando seguimos o plano perfeito de Deus para o sexo, há bênçãos para todos. Quando seguimos nossas inclinações libidinosas ou quando transigimos ao seguir os padrões sexuais de nossa cultura que estão sempre mudando, todos saem perdendo. Quando nos calamos a respeito dessas coisas e esperamos que nossos filhos descubram

---

[6] Your Past Sins Hindering Your Parent/Child Relationship Today? Read This. **Patheos**, 1 jul. 2018. Disponível em: <https://www.patheos.com/blogs/rolandwarren/2018/07/past-sins-hinder-parent-child-relationship/>.

por conta própria, eles sairão perdendo. Essas conversas difíceis podem conter algumas das palavras mais importantes que você trocará com seus filhos. Tenha coragem e vá em frente.

Quero que meus filhos saibam que podem, um dia, viver nus com suas respectivas esposas sem sentir vergonha, mas quero também que saibam que a nudez com mulheres fora do casamento deve produzir uma reação muito diferente. É claro que isso se refere aos perigos do sexo fora do casamento, mas, para interromper a tensão desses assuntos pesados que estamos discutindo e para fazer você rir um pouco, vou contar uma história verdadeira da minha vida, uma história ridícula e sem nenhuma relação com sexo a respeito da nudez. Sinta-se livre para rir à minha custa.

Nu e exposto

Eu estava nervoso e inquieto dentro de uma sala usando uma camisola hospitalar que praticamente não cobria nada e, logo a seguir, cobriria menos ainda, uma vez que o procedimento a que eu seria submetido exigia nudez total. A leve sedação que me haviam dado já estava fazendo efeito e, embora eu ainda conseguisse pensar com nitidez, percebi que meu corpo começava a formigar e amortecer. Preferia estar dormindo, porque sou uma pessoa recatada e logo a seguir me colocariam em uma posição que faria qualquer um corar de vergonha.

Fiz duas orações na sala de espera. Penso que vestir uma camisola hospitalar nos faz sentir totalmente indefesos e nos faz lembrar de invocar um poder superior. A primeira oração foi para que o procedimento transcorresse bem e sem dor. Por não estar muito preocupado com essa parte, passei para a segunda oração.

A segunda oração foi mais ou menos assim: "Senhor, estou prestes a ficar nu. Tu sabes que acredito sinceramente que as mulheres são tão eficientes quanto os homens e, às vezes, mais eficientes que eles. Mas hoje eu agradeceria muito se nenhuma mulher entrasse naquela sala. Não gostaria que nenhuma mulher me visse nesta condição, a não ser minha esposa. E mais uma coisa: por favor, não permite que nenhuma pessoa naquela sala seja conhecida minha e, se puder ser mais específico ainda, prefiro não voltar a encontrar tal pessoa após o procedimento. Prefiro não ver alguém no supermercado e ter uma conversinha com ele depois que ele me viu nesta situação. Obrigado, Senhor. Amém".

Senti-me confiante de que Deus cuidaria de mim após a oração, mas senti-me também um pouco arrependido de não ter escolhido um médico de outra cidade para fazer o procedimento. Levaram-me da sala em cadeira de rodas e, enquanto era colocado em uma posição desconfortável, expondo-me mais do que poderia me expor em um ambiente público bem iluminado, olhei ao redor e vi apenas dois homens. Não reconheci nenhum deles. Não havia nenhuma mulher em meu ângulo de visão.

A não ser pela sensação de que aquilo era um sonho bizarro e constrangedor, tudo estava correndo bem, conforme o esperado. Respirei fundo e murmurei uma silenciosa oração de "obrigado", mas, antes de terminá-la, uma enfermeira corpulenta entrou de repente na sala segurando uma prancheta e deu uma boa olhada em minhas partes expostas antes de reparar em meu rosto assustado. Quando fizemos contato visual (que eu tentava desesperadamente evitar), ela quase derrubou a prancheta no chão e exclamou: "Pastor Dave! Oh, meu Deus! O que o senhor está fazendo aqui?".

Sentindo que a resposta era óbvia, optei por não responder nada. De qualquer forma, não sei se teria tido tempo de responder, porque ela prosseguiu imediatamente. "Dave, provavelmente o senhor não me conhece, mas meu nome é Donna. Frequento sua igreja e gosto muito de ouvir seus sermões, e seu livro *The Seven Laws of Love* [As sete leis do amor] sempre foi um de meus favoritos".

Em seguida, ela voltou a atenção para os homens da sala e iniciou uma conversa muito eficiente sobre vendas, tentando convencê-los a ler meus *blogs* e livros. Se um dia ela deixasse de ser enfermeira, seria uma excelente promotora de vendas. Pensei em contratá-la para fazer publicidade deste livro, mas fiz um pacto comigo mesmo de nunca entrar em contato ou fazer contato visual com ela.

Donna despediu-se, e consegui sorrir e acenar de minha posição constrangedora. Quando a porta se fechou atrás dela, ouvi-a dizer do outro lado: "Oi, meninas. O pastor Dave está aqui!".

Olhei freneticamente ao redor do quarto à procura de uma janela ou outra saída que poderia usar após o procedimento, mas, infelizmente, havia apenas uma saída. Quando tudo terminou, fui conduzido de cadeira de rodas e vi os acenos e sorrisos de grande número de admiradores, que mais pareciam um bando de *paparazzi*. Pensei em mudar de nome e identidade, mas, depois de entender a logística complicada de tal mudança, optei por usar chapéu e óculos de sol em público por uns tempos.

Ashley e eu rimos muito na sala de espera após o procedimento. Estou convencido de que Deus também deu uma boa risada. Imagino-o sorrindo enquanto eu orava e sacudindo a cabeça por saber o que estava prestes a acontecer. Talvez tenha chamado um anjo e dito: "Ei, Gabriel. Venha cá para ver o que vai acontecer com Dave! Vai ser muito divertido!".

Conto essa história boba em um capítulo sobre sexo por dois motivos. Primeiro, é engraçado, e você tem direito a dar boas risadas ao longo deste livro! Segundo, embora não haja nada moralmente errado em ver alguém nu durante um procedimento médico, a ideia é a de que não ficamos confortáveis com a nudez total quando há pessoas de outro sexo por perto. Nunca desejei que meus filhos crescessem com a mente tão calejada pelo pecado a ponto de trocarem o "viver nu e não sentir vergonha" com suas respectivas esposas por "viver nu e ser desavergonhado", com uma longa lista de encontros fortuitos. Nunca devemos nos sentir desconfortáveis por estar nus na frente de nosso cônjuge, mas nunca devemos nos sentir confortáveis demais por estar nus na frente de qualquer outra pessoa.

Inocência semelhante à de uma criança (e nudez)

Enquanto escrevo estas palavras, estou sentado no quarto de Chatham tentando fazê-lo dormir. Ele é o meu filho mais novo, de 3 anos de idade, e está atravessando uma fase em que ele fica realmente assustado na hora de dormir, a menos que tenha alguém a seu lado. A princípio, considerava essa necessidade dele como um grande aborrecimento que me impedia de ver programas importantes na televisão como reprises de *Seinfeld*,[7] mas agora aguardo ansiosamente a hora de dormir. Passo um tempo ininterrupto com ele e então, enquanto ele tenta adormecer (o que demora uma eternidade), tenho um pouco de tempo para escrever.

---

[7] Série humorística apresentada na televisão de 1989 a 1998, cujo personagem principal é Jerry Seinfeld. [N. do T.]

Esta noite, enquanto escrevo, ele está cantarolando baixinho uma canção de ninar tocada continuamente em um aparelho de som. É o som mais belo que você pode imaginar. Há muita beleza e inocência sem limites na infância, uma inocência que me aquece o coração.

Quando Chatham sai da banheira à noite e corre nu pela casa, ele está verdadeiramente nu sem sentir vergonha. Espero e oro para que ele e seus irmãos maiores, Cooper, Connor e Chandler, continuem a manter essa bela inocência. Oro para que mantenham a fé semelhante à de uma criança e acrescentem a ela a sabedoria de adultos. Oro para que mudem o mundo muito mais que o mundo os mude. Oro para que, mesmo depois de adultos, dentro do lindo pacto do casamento com uma esposa que amem e respeitem, eles vivam nus sem sentir vergonha.

Nas próprias palavras das mulheres

"Quero que meus filhos saibam que sexo não é um jogo. As decisões que tomam sobre sexo têm consequências durante a vida toda. A sociedade fala de 'sexo seguro', mas não há preservativo capaz de proteger a mente, o coração e a alma do ser humano."
Maggie H. (45 anos)

"Se meu pai soubesse o modo com que os meninos falam perto de mim no colégio, ele os mataria. Um garoto atrevido ficou sabendo qual era o número de meu celular e me enviou uma mensagem com a foto de seu pênis. Foi grosseiro demais! Apaguei imediatamente e bloqueei o número do celular dele. Se eu contar aos meus pais, eles vão ficar apavorados e chamar a polícia."
Kate F. (15 anos)

"Quando estava na faculdade, fiz sexo com um rapaz depois de uma grande bebedeira juntos. Ele foi me forçando e, finalmente, eu o acompanhei, mas, se estivesse sóbria, sei que não teria feito aquilo de maneira nenhuma. Ainda sinto uma mistura de emoções a respeito daquela noite e muito arrependimento. Assumo a responsabilidade por meus atos, mas sempre quis que ele me respeitasse... e se respeitasse também... sem me forçar a fazer sexo quando não estamos pensando com clareza."

BARBARA K. (55 anos)

"Sou virgem e vou continuar virgem até a noite de núpcias. Algumas amigas minhas acham que sou pudica ou vivo em outro século, mas sei que meu futuro marido será um homem que vai me respeitar a ponto de apoiar minha decisão e comemorar meus valores."

SHELBY U. (20 anos)

Capítulo 6

A PORNOGRAFIA EPIDÊMICA

Não há dignidade quando a dimensão humana é eliminada da pessoa. Em resumo, o problema da pornografia não é que ela expõe muito a pessoa, mas que expõe muito pouco.

Papa João Paulo II

Se existe uma força em nosso mundo que causa mais desrespeito às mulheres que qualquer outra, eu diria que essa força é a pornografia.

Embora haja um número cada vez maior de mulheres se envolvendo com pornografia — e até tornando-a um vício —, ela continua em grande parte uma forma exploratória de entretenimento produzida por homens e para homens. Vou compartilhar algumas estatísticas e histórias que ajudarão a esclarecer por que e como a pornografia é responsável por um imenso desrespeito às mulheres, mas antes quero compartilhar minha jornada com a pornografia. Sei, por experiência, que a pornografia é capaz de apoderar-se do pensamento do homem e transformar um respeitador de mulheres em um aproveitador de mulheres.

Minha batalha contra a pornografia começou com uma curiosidade de adolescente. Quase todos os meninos são estimulados por imagens visuais de mulheres, e, tão logo a testosterona começa a agir, a tentação de olhar e cobiçar torna-se irresistível. Em minha juventude, as opções eram limitadas. Eu vivia praticamente na era das trevas quando cursava o ensino médio, porque a internet não era acessível. Minhas primeiras lembranças de luxúria intencional ocorreram em uma loja de departamentos. Sim, você leu corretamente: em uma loja de departamentos. É triste, eu sei, eu sei.

Nessa loja havia uma seção na qual era possível ver alguns cartazes emoldurados e ligados a uma espécie de eixo giratório que permitia ao cliente ver um por vez, como se estivesse virando as páginas de um livro enorme. Os cartazes eram na maioria muito inocentes. Exibiam desenhos, jogadores de beisebol e carros de corrida, mas, escondido bem no meio, havia sempre pelo menos um cartaz de uma garota de biquíni.

Quando íamos à loja, eu sempre dizia à minha mãe que queria andar um pouco por ali. Afastava-me do grupo da família e seguia direto para os cartazes. Esperava até não ver ninguém por perto e mergulhava na rotina de fingir que estava vendo todos os cartazes, quando, na verdade, estava com os olhos fixos na garota de biquíni.

Minha curiosidade pelas mulheres de biquíni transformou-se rapidamente em curiosidade pelas mulheres sem biquíni. Tinha um amigo que guardava embaixo da cama algumas revistas de mulheres nuas. Lembro-me da primeira vez em que ele me entregou uma. Parecia fogo queimando minhas mãos. Senti o coração bater acelerado. Eu sabia que era errado cobiçar mulheres, mas toda a força de vontade que consegui reunir não foi nem um pouco suficiente para impedir-me de abrir a revista na página central. Assim que vi aquelas imagens retocadas, fiquei excitado, mas ficar "excitado" em pornografia não significa que você quer continuar a ver a mesma coisa. Significa que você necessita de algo diferente.

A ocasião seguinte de minha empreitada ocorreu quando um amigo conseguiu algumas revistas com nudez explícita. Tão logo vi aquelas imagens em detalhes vívidos, o simples fato de olhar não foi suficiente. Tinha de aliviar-me fisicamente enquanto olhava. Aquelas revistas me perfuraram com a espada de dois gumes da pornografia e da masturbação. Olhava, fantasiava e depois me masturbava.

As revistas abriram caminho para filmes, e, na época, o acesso à pornografia pela internet deixava as fantasias a apenas um clique de distância. Meu cérebro estava sendo redirecionado para ver as mulheres como objetos sexuais, com acesso a qualquer momento, para usá-las e descartá-las quando desejasse. Estava perdendo o controle. Até quando conseguia passar um bom tempo sem ver pornografia, eu reproduzia as imagens na mente e me masturbava todos os dias. Era um ciclo vicioso, e eu não sabia se seria capaz de livrar-me dele.

Para me justificar, eu pensava que não estava usando ninguém, uma vez que não passavam de meras imagens na tela ou na revista. Era apenas entretenimento. Ninguém sairia machucado. Acreditei naquela mentira por muito tempo até perceber que não conseguia mais olhar para uma mulher atraente sem despi-la em pensamento e criar fantasias nas quais ela realizava atos sexuais sob meu comando.

Minha mente tornou-se distorcida. Continuava a dizer que respeitava as mulheres, porém seria mais sincero se dissesse que queria respeitar as mulheres. Meus pecados lascivos haviam sabotado minhas boas intenções, e perdi o controle.

Por pura força de vontade, eu me afastava da pornografia durante semanas ou meses, mas sempre voltava a cair naquele mesmo poço escuro, porque nunca procurava assumir responsabilidade pelo que fazia. Não seguia a orientação bíblica para ser curado, o que sempre inclui arrependimento. Segui o caminho do orgulho, e o orgulho nos diz que ninguém precisa saber e que somos capazes de cuidar de tudo sozinhos.

Carreguei meu segredo pornográfico para o casamento sem contar a Ashley que havia lutado contra ele no passado. Achei que estivesse "curado" e acreditei no mito de que, tão logo eu me casasse e pudesse dar vazão ao meu impulso sexual, nunca mais seria tentado a me envolver com pornografia. Mas eu estava muito enganado e voltei a cair no mesmo poço escuro cerca de um ano após o casamento.

Quando Ashley descobriu os *sites* que eu visitava na internet, senti uma mistura de desalento, vergonha e alívio, tudo ao mesmo tempo. Começamos uma jornada em direção à cura, e sou muito grato porque Ashley reagiu com misericórdia. Apesar de ter ficado profundamente desgostosa com minha falta de sinceridade e meu pecado lascivo, ela escolheu perdoar e ofereceu-me a oportunidade de reconstruir a confiança que eu destruíra.

Sou muito grato a Deus por sua graça e pela graça de minha esposa. Não sei até onde teria ido sem eles!

Sinto-me feliz por contar que estou livre da pornografia há anos. Embora pareça uma lembrança distante, continuo a lutar contra as imagens tenebrosas entranhadas em minha mente e ainda me esforço para desviar os olhos das imagens sedutoras ao meu redor. Trata-se de uma batalha constante para mim e para a maioria dos homens de todas as idades.

Cada estatística que vejo diz que a maioria dos homens e garotos adolescentes luta atualmente contra a pornografia. Vejo esse olhar tão conhecido no rosto de muitos. É o mesmo olhar que eu tinha e contra o qual ainda luto. É como observar o horizonte à procura de qualquer mulher para "dar uma olhada". É um olhar que transforma as mulheres em objeto, despe-as e usa-as em vez de respeitá-las.

Não podemos esperar que alguém acredite em nossas palavras sobre respeito quando nossos olhos contam uma história diferente. Temos de ser uma geração que concorda com Jesus, que luxúria é pecado. A pornografia é incomensuravelmente perniciosa tanto para os atores que a executam quanto para os bilhões de consumidores que a veem.

Se queremos que nossos meninos respeitem as meninas, precisamos ter algumas conversas importantes com eles sobre pornografia.

O que todo pai e toda mãe necessitam saber sobre pornografia

> *"Parece óbvio demais: se inventamos a máquina, a primeira coisa que vamos fazer — depois de obter lucro — é usá-la para ver pornografia. Quando o projetor foi toscamente inventado há um século, os primeiros filmes não eram sobre donzelas em perigo amarradas a trilhos de trem nem de tapas ao estilo Charlie Chaplin; eram curtas-metragens pornográficas chamadas de 'filmes só para homens'. Os VHS passaram a ser o padrão dominante para os videocassetes em grande parte porque a Sony não permitia que os produtores de filmes pornográficos usassem Betamax;[1] a indústria do cinema acompanhou os produtores de filmes pornográficos. DVDs, internet, celulares. Em qualquer um deles, a*

---

[1] Videocassete de uso doméstico. [N. do T.]

> *pornografia fincou sua grande bandeira logo no início ou pelo menos pouco tempo depois."*
>
> DAMON BROWN, autor de *Porn and Pong* [Pornografia e mau cheiro] e *Playboy's Greatest Covers* [As melhores capas da *Playboy*][2]

> *"Esse material é mais agressivo, mais prejudicial, mais violento, mais degradante e destruidor do que os produzidos em qualquer outra época do mundo. E esta geração em fase de crescimento está lidando com isso em uma intensidade e escala que nenhuma outra geração na História teve de lidar."*
>
> CLAY OLSEN, cofundador e CEO de Fight the New Drug [Combata a Nova Droga][3]

Li recentemente um artigo no qual um pesquisador reuniu um grupo específico de alunos do ensino médio para perguntar-lhes qual era a exposição deles à pornografia e o que pensavam a respeito dela. Na época, os alunos não sabiam, mas os pais da maioria dos adolescentes do ensino médio, de idades entre 14 e 16 anos, estavam assistindo à conversa em vídeo, ao vivo, em outra sala. Os pais ficaram imediatamente chocados e horrorizados com o que os filhos estavam dizendo.

"Vocês já viram uma 'nugget'?", um dos garotos perguntou rindo. Os outros garotos riram e concordaram, dizendo mais ou menos isto: "Ah, sim! Eu me dou muito bem com ela, porque ela faz o que a gente quiser". O pesquisador não sabia ao certo o significado de "nugget", e os estudantes disseram que se tratava de uma palavra pornográfica para referir-se a uma

---

[2] Pornography Statistics, Covenant Eyes (v. cap. 1, n. 12).
[3] Pornography Statistics, Covenant Eyes.

mulher sem braços e sem pernas que realizava atos sexuais em filmes pornográficos. Todos os garotos conheciam a palavra. E mais: a maioria aparentemente havia visto esse tipo de pornografia e a descreveu com riqueza de detalhes.

O pesquisador perguntou sobre a primeira vez que haviam visto pornografia e como tiveram acesso a ela. A maioria já tinha visto pornografia antes de completar 11 anos de idade, e quase todos — garotos e garotas — viam pornografia agora com certa regularidade. Alguns estudantes pareciam estar viciados em pornografia. Quando o pesquisador perguntou como tiveram acesso à pornografia, os estudantes pegaram, cada um, o seu celular e mostraram aplicativos que pareciam inocentes (ícones de aplicativos em forma de calculadoras, jogos ou outras coisas "inocentes"), mas que tinham a função de esconder vídeos, fotos e qualquer outra coisa que eles não queriam que os pais vissem. Mesmo que ficassem sem o celular, os garotos e garotas disseram que poderiam ver o que quisessem no celular dos amigos.

A conversa prosseguiu quando o pesquisador mudou de assunto e perguntou que palavras lhes vinham à mente quando pensavam em pornografia. A primeira palavra que alguém disse foi "anal", seguida de "oral" e outras gírias que se referiam a sexo oral e anal. Todos os outros estudantes concordaram, dizendo que a pornografia sempre incluiu sexo oral e anal, bem como vaginal.

O pesquisador perguntou como a pornografia havia mudado suas opiniões e expectativas sobre sexo. Uma garota apresentou-se e disse: "Os meninos sempre esperam ter 'sexo pornográfico' ". Outra disse que nos filmes pornográficos as mulheres nunca tinham pelos pubianos, por isso agora os garotos ficam enojados ao ver pelos pubianos. Um garoto riu e disse: "Elas são iguais a gorilas!", aparentemente referindo-se a qualquer mulher que não depila os pelos pubianos.

À medida que a conversa prosseguiu, ficou claro que, mesmo que os estudantes estivessem exagerando suas experiências para impressionar os colegas e as colegas, as estatísticas deram a entender que as experiências eram muito mais comuns do que gostaríamos de admitir. A exposição dos garotos e garotas (e também dos adultos) à pornografia está causando um impacto de grande porte nas pessoas, nos relacionamentos e na sociedade como um todo. Os dados são amedrontadores.

Precisamos ter conversas muito sinceras com nossos filhos e ensiná-los a respeito de pornografia e sexo. Se não nos dispusermos a ter essas conversas, acredite em mim, haverá muitos amigos que ficarão felizes por fazê-lo. A título de preparação, vamos analisar seis fatos importantes que todo pai e toda mãe necessitam saber sobre pornografia.

1. *A média de idade da primeira exposição à pornografia é de 11 anos. Quando a criança termina o ensino fundamental, 1,95% delas já foram expostas à pornografia, independentemente se estavam à procura ou não.*[4]

Essas estatísticas tristes são um lembrete de que precisamos fazer tudo o que estiver ao nosso alcance para proteger nossos filhos de serem expostos precocemente à pornografia. Provavelmente, a exposição ocorrerá a qualquer momento, não importa o que façamos, mas precisamos fazer tudo o que estiver ao nosso alcance para proteger os olhos e o coração de nossos filhos. A pornografia alimenta a luxúria, e a luxúria alimenta o desrespeito. A pornografia é talvez o elo mais universal compartilhado

---

[4] Idem.

por todos os homens que desrespeitam as mulheres. Quando a luxúria passa despercebida e o uso da pornografia se intensifica, é raro a mente do menino pensar em uma mulher sem fazer dela um objeto e desrespeitá-la. Sei disso não só por causa das pesquisas, mas também por experiência. Os produtores de pornografia estão empurrando agressivamente suas histórias obscenas para transformar nossos filhos em consumidores viciados em pornografia, e os pais precisam lutar constantemente contra ela. Alguns dispositivos ajudam a bloquear a pornografia e a monitorar todas as atividades da internet. Alguns recursos excelentes para ajudar você são o Circle, um dispositivo de filtragem da internet produzido pela Disney, bem como programas bloqueadores de pornografia como o Covenant Eyes ou o X3Watch.[5, 6] Também, como mencionei antes, um dos melhores recursos para ajudar você a ter conversas francas sobre sexualidade é o Passport2Purity, da FamilyLife Today.

2. *Os atores de filmes pornográficos perpetuam uma fantasia, mas quase sempre à custa de dor física.*

Dizem que Carlo Scalisi, proprietário de uma empresa de produção pornográfica, proferiu estas palavras: "Os amadores apresentam-se melhor na tela. Nossos clientes sentem isso. É possível ver no rosto das mulheres que elas estão sentindo dor, e isso excita muitos de nossos espectadores".[7]

---

[5] Para mais informações, acesse: <https://meetcircle.com>; Covenant Eyes: <https://www.covenanteyes.com>; X3Watch: <https://x3watch.com>.
[6] Sites de bloqueio que podem ser úteis e estão disponíveis para uso no Brasil: FamISafe, OpenDNS, PornAway, Spyzie, K9 Web Protection, Norton Family (conhecido como Norton Safety Minder), Qustodio, Pic Block. [N. do E.]
[7] Isom, Mo. **Sex, Jesus, and the Conversations the Church Forgot**. Grand Rapids, MI: Baker, 2018. p. 64.

Assimile esse pensamento. Grande parte da indústria pornográfica está apresentando intencionalmente um conteúdo chocante e violento que transforma as mulheres em objeto e alimenta uma versão distorcida de prazer produzida quando se vê uma mulher sofrendo. Não entendo como uma pessoa racional possa pensar que não há ligação entre a indústria pornográfica e os maus-tratos infligidos às mulheres no mundo inteiro. Forçar uma mulher a sofrer intencionalmente ou sentir prazer com seu sofrimento é uma forma grotesca de desrespeito.

O efeito de longo prazo nos atores e consumidores de pornografia pode provocar disfunção sexual e disfunção emocional nos futuros relacionamentos e casamentos. Em um mundo projetado para criar prazer, há muita dor em jogo nos bastidores. Há dor, e muitas vezes os atores sofrem abuso nos bastidores, e haverá dor futuramente nos relacionamentos de todos os que bebem da água envenenada da pornografia.[8]

3. *O impacto da pornografia em seu cérebro é igual ao impacto da droga no cérebro de um dependente químico.*

A indústria da pornografia rende mais dinheiro que todos os esportes profissionais juntos, e, em razão da grande quantidade de dinheiro em jogo, as pessoas não querem admitir que a pornografia é destrutiva ou causa dependência, mas é verdade! O uso da pornografia está ligado à depressão, ansiedade, sexismo, crimes sexuais, divórcios e muitos outros problemas físicos, emocionais e relacionais. O *site* www.FightTheNewDrug.org contém evidências científicas convincentes, mostrando que a exposição contínua à

---

[8] JOSH MCDOWELL MINISTRY. **The Porn Phenomenon:** The Impact of Pornography in the Digital Age. Ventura, CA: Barna Group, 2016.

pornografia tem o mesmo efeito negativo na mente quanto o efeito da dependência da heroína.[9]

4. *A pornografia é inimiga do amor.*

Acredito sinceramente que essa frase seja verdadeira em várias situações. Por ser cristão, posso dar a você muitos versículos bíblicos — inclusive Jesus dizendo que olhar para uma mulher com cobiça é o mesmo que cometer adultério no coração, e numerosas outras passagens sobre amor, sexo e casamento —, mas, mesmo que sua fé seja diferente da minha, as estatísticas em si deveriam ser suficientes para você se afastar da pornografia pelo resto da vida. A pornografia destrói casamentos. Sabota o amor. É a fonte principal de desrespeito com as mulheres. Cria a ilusão de conexão, mas produz disparidades e divisões entre os homens e as mulheres. Reconfigura o cérebro de formas devastadoras. Produz uma disfunção relacional generalizada e pode impedir os usuários de experimentarem intimidade sexual e/ou emocional nos relacionamentos posteriores.[10]

5. *A maioria dos garotos e garotas não considera errado ver pornografia.*

Um estudo recente revelou que 96% dos adolescentes e jovens adultos aceitam ou são neutros quando se trata de

---

[9] REISMAN, Judith; SATINOVER, Jeffrey; LAYDEN, Mary Anne; WEAVER, James B. Hearing on the Brain Science Behind Pornography Addiction and the Effects of Addiction on Families and Communities. **Hearing of US Senate Committee on Commerce, Science & Transportation**, 18 nov. 2004. Disponível em: <http://www.hudsonbyblow.com/wp-content/uploads/2018/01/2004SenateTestimony.pdf>.

[10] STACK, Steven; WASSERMAN, Ira; KERN, Roger. Adult Social Bonds and Use of Internet Pornography. **Social Science Quarterly** 85 (mar. 2004), p. 75-88.

opinar sobre pornografia. Somente 4% acreditam que é errado ou pecado. Essa indiferença moral está alimentando um consumo em massa de pornografia. Em 2016, somente em um *site*, os espectadores viram 4,6 bilhões de horas de pornografia, o equivalente a 17 mil vidas inteiras. Tudo em um só ano e em um só *site*.[11]

6. *A pornografia e outras atividades relacionadas ao sexo virtual podem ser tão destruidoras para o casamento quanto uma aventura extraconjugal física.*

Em um projeto aprofundado feito pela pesquisadora Jennifer P. Schneider, os dados da pesquisa mediram o impacto de longo prazo da pornografia e outras atividades virtuais, que inclui divulgação de conteúdos eróticos e imagens de sexo explícito *on-line*. A pesquisa indicou que essa atividade é extremamente nociva aos relacionamentos, e os casados disseram que o resultado dessas atividades *on-line* é tão doloroso quanto um relacionamento extraconjugal físico. Isso é particularmente prejudicial, uma vez que a maioria das pessoas não vê as atividades *on-line* como forma de infidelidade nem como algo errado.[12] Outra pesquisa também descobriu que o índice de divórcio dos casais que veem pornografia é quase o dobro do índice de divórcio de casais que não veem pornografia.[13]

---

[11] Isom, **Sex, Jesus, and the Conversations**, p. 22.
[12] Schneider, Jennifer P. Effects of Cybersex Addiction on the Family: Results of a Survey. **Sexual Addiction and Compulsivity: The Journal of Treatment and Prevention** 7, n. 1-2 (2000), p. 31-58.
[13] Perry, Samuel L.; Schleifer, Cyrus. Till Porn Do Us Part? A Longitudinal Examination of Pornography Use and Divorce. **Journal of Sex Research** 55, n. 3 (2018), p. 284-296.

Ensinando aos nossos filhos o benefício e as possíveis armadilhas da tecnologia

> "Dentre os milhares de prisioneiros por agressão sexual e predadores sexualmente violentos com quem trabalhei no decorrer de mais de onze anos, nenhum deles acreditava que acabaria se tornando violento. Eles simplesmente corriam o risco, gostavam de viver nas sombras e saturavam-se de pornografia."
>
> JON K. UHLER[14]

Meus filhos são melhores em tecnologia que eu. A geração deles foi apelidada de "nativos digitais", porque a tecnologia é como uma língua-mãe para eles. Nasceram com acesso a *smartphones*. Estão aprendendo a criar programas para computador no ensino médio. Têm acesso às informações do mundo na ponta dos dedos literalmente, e já estão moldando o futuro do mundo com suas proezas tecnológicas.

Quando conversamos com nossos filhos sobre respeito às mulheres e pornografia e sexo, precisamos também conversar com eles sobre o bom e o mau uso da tecnologia. Não podemos demonizar nem endeusar a tecnologia. Precisamos ensinar princípios de responsabilidade a nossos meninos para ajudá-los a saber lidar com as oportunidades e possíveis armadilhas relativas à incrível tecnologia que eles têm nas mãos.

Apesar de todas as coisas boas que a tecnologia traz ao mundo de nossos filhos, ela também os deixa expostos a algumas imagens terríveis. A tecnologia pode também dar a perigosa ilusão de que não haverá consequências nas interações

---

[14] @JonKUhlerLPC, Twitter, 4 dez. 2018. Disponível em: <https://twitter.com/JonKUhlerLPC/status/1070071490022825985>.

com os outros. Muitos *videogames* e outras plataformas *on-line* levam as crianças a criarem falsas identidades com avatares que podem insultar, violar e até matar os outros sem restrição ou castigo. Muitas pessoas argumentam que esses jogos e interações *on-line* são inofensivos, mas penso que quase todos os atos violentos da vida real e desrespeito às mulheres são praticados *on-line* antes de acontecerem no mundo real.

Não quero ser como minha bisavó legalista que chamava a televisão de "Caixa do Diabo" e repreendia meu bisavô quando ele via o seriado Walter Cronkite[15] ou assistia a um jogo de basquete entre alunos da faculdade em uma tela pequena em preto e branco. Existe a tentação de demonizar a tecnologia, porque é mais fácil condenar algo que mergulhar na confusão sombria de aprender e explicar a tecnologia e tirar proveito dela. Como seguidores de Cristo, temos o mandado concedido por Deus de aproveitar os benefícios da tecnologia para o bem e para edificar o Reino, mas antes precisamos ensinar aos nossos filhos princípios que os ajudarão a usá-la com sabedoria e entender as duras verdades de que há muitas pessoas usando-a para fins perversos.

Recentemente, em razão do uso indevido e terrível da tecnologia e da exploração de garotas, o Facebook, sem saber, tornou-se o facilitador de um leilão de escravas. Um pai leiloou a filha de 16 anos para se casar com o homem que desse o maior lance, em uma postagem com origem no Sudão do Sul. O rótulo de "casamento" foi um pequeno disfarce velado, na tentativa de encobrir o tráfico sexual como algo de maior nobreza. A maioria das noivas adolescentes é vendida a homens bem mais velhos, e muitos deles já possuem várias esposas.

---

[15] Seriado sobre a história dos Estados Unidos levado ao ar de 1953 a 1957. [N. do T.]

Quando soube do uso nefasto de sua tecnologia, o Facebook apagou a postagem. Era tarde demais. O pai havia vendido a filha a um estuprador em troca de algumas vacas, carros e dinheiro. Leilões semelhantes ocorrem *on-line* e de formas menos requintadas milhões de vezes por ano.[16]

Nossos filhos necessitam ser luz nas trevas no colégio, nos relacionamentos e até na internet, mas precisamos também ser cuidadosos para não os enviar às trevas cedo demais, sem supervisão e sem preparo. Precisamos ter conversas constantes e saudáveis para ter certeza de que lhes estamos dando a orientação, a responsabilidade e a proteção de que necessitam. Precisamos ensiná-los a dominar a tecnologia, mas precisamos também protegê-los dos perigos que a tecnologia pode criar, como acessos livres à pornografia e outros usos indevidos e nefastos da tecnologia. Nossos filhos precisam também ser lembrados de que o desrespeito ou a objetificação das mulheres em um ambiente virtual nunca é aceitável e sem consequências.

Não existe uma fórmula mágica para ajudar os pais a terem uma conversa certa sobre tecnologia todas as vezes. Tudo se resume aos temas centrais deste livro inteiro: comunicação, integridade e respeito. Seja exemplo desses princípios para seu filho, bem como vigilante, envolvendo-se com ele o tempo todo. Você estará no caminho certo e conquistará a confiança e a credibilidade para ter uma influência contínua na vida dele muito tempo depois que ele crescer e sair de baixo de sua proteção.

A seguir, apresento algumas de minhas sugestões e alguns instrumentos relacionados a ensinar seus filhos a serem sábios, sensatos e seguros na questão da tecnologia.

---

[16] BRITTON, Bianca. Facebook Under Fire for Posts on Auction of Child Bride. **CNN**, 23 nov. 2018. Disponível em: <https://www.cnn.com/2018/11/20/africa/south-sudan-child-bride-facebook-auction-intl/index.html>.

1. ***Monitore as atividades deles na internet.*** Seu filho não tem direito à privacidade na internet enquanto for menor de idade e morar em sua casa. Verifique sempre suas atividades. Se não tem certeza se está verificando corretamente o histórico de pesquisas e as atividades *on-line*, peça a um amigo conhecedor do assunto para fazer uma verificação periódica em seu lugar.
2. ***Seu filho deve saber que está sendo monitorado.*** Não deve haver segredo de que você conhece toda a atividade dele na internet. Acrescente algumas medidas extras, incluindo programas de bloqueio de *sites* pornográficos e rastreamento de aplicativos. Esses recursos mudam constantemente, mas há alguns aplicativos e ferramentas que têm sido úteis em nossa casa e que já foram mencionados antes: X3Watch, Covenant Eyes e Circle by Disney, bem como Bark.us.
3. ***Limite o tempo de exposição às telas.*** Nossos filhos jogariam *videogame* dia e noite se lhes fosse permitido. Aprendemos a aumentar o tempo de exposição às telas como recompensa e proibir essa exposição como castigo. E, quando há exagero de *videogames*, bloqueamos o uso na maioria dos dias da semana.
4. ***Encoraje o uso positivo e inovador da tecnologia.*** Queremos que nossos meninos sejam excelentes em tecnologia para que façam coisas excelentes com ela. Ashley e eu conseguimos alcançar milhões de pessoas no mundo com uma mensagem positiva — tudo graças à tecnologia. Compartilhamos nosso trabalho *on-line* com nossos filhos e os encorajamos a fazer o mesmo conosco. Nossos filhos mais velhos já sabem lidar melhor que nós com a tecnologia! Inscreveram-se em canais do YouTube e em outros empreendimentos positivos (e possivelmente lucrativos) com base na tecnologia. É claro que essas atividades requerem vigilância

dobrada de nossa parte, mas é um preço pequeno a ser pago para preparar nossos filhos para serem bons administradores do poderoso dom da tecnologia que eles terão na ponta dos dedos durante a vida toda.

Robôs sexuais e a futura luxúria com base na tecnologia

Vivemos em tempos nos quais a tecnologia está avançando a uma velocidade assustadora. Infelizmente, muitos dos inovadores da linha de frente desses avanços tecnológicos são aqueles que vendem pornografia e outras formas de diversão sexual por meio da tecnologia. A mais recente loucura do surto do sexo tecnológico segue a crescente demanda por robôs sexuais.

Uma notícia recente de nossa cidade relatou que meu estado natal do Texas está prestes a abrir seu primeiro "bordel" de robôs sexuais de alta tecnologia. Vi, atordoado, quando os âncoras mudaram o assunto, com naturalidade, do clima local e esportes para apresentar robôs assustadoramente realistas, equipados com inteligência artificial para responder aos comandos e preferências sexuais de seus clientes do sexo masculino. A notícia tornou-se uma espécie de propaganda para o bordel quando eles mencionaram o preço do aluguel por hora e o preço de venda para os clientes que quisessem ter uma escrava sexual robótica a qualquer hora no conforto de seu lar.[17]

A reportagem apresentou entrevistas com moradores preocupados que pensavam que o conceito todo era deprimente e

---

[17] WRIGLEY, Deborah. Toronto Businessman Brings Sex Robot Brothel to the Galleria Area. **ABC 13 News**, 21 set. 2018. Disponível em: <https://abc13.com/technology/toronto-businessman-brings-sex-robot-brothel-to-the-galleria-area-/4306146/>.

assustador, mas os que lucravam com essa nova onda de robôs sexuais argumentaram que se tratava apenas de um serviço prestado. Uma questão de oferta e demanda, simples assim. Além do puro capitalismo disso, não há vítimas reais. É essencialmente uma forma de masturbação de alta tecnologia. Muitos argumentaram que a opção por gratificação sexual acessível a qualquer hora diminuirá a demanda por tráfico sexual e casos de agressões sexuais. Esses argumentos estão claramente errados e são praticados apenas por quem tem motivos egoístas.

Enquanto refletia sobre como a tecnologia facilitará no futuro o pecado sexual em troca de lucro, vários pensamentos vieram-me à mente. Primeiro, observei que todos aqueles robôs sexuais foram projetados para parecer mulheres jovens de mais ou menos 18 anos de idade. Alguns pareciam jovens com menos idade, que precisavam de autorização dos pais. Perturbador. Vieram-me também à mente todas as advertências do Antigo Testamento contra relações sexuais com animais, que é essencialmente usar qualquer corpo não humano para prazer sexual. A Palavra de Deus sempre apresenta advertências claras sobre o uso indevido do sexo em qualquer forma.

> É importante o modo com que tratamos a imagem de uma mulher, e isso impacta significativamente o modo com que tratamos as mulheres em geral.

Apesar de todos os paralelos do Antigo Testamento e da grosseria assustadora de todo o conceito, o que mais me incomoda tem que ver com o desrespeito com as mulheres que, sem dúvida, será desencadeado por essa prática. Talvez você argumente que é impossível mostrar desrespeito com mulheres com base no modo com que se trata um robô. Eu diria que é importante o modo com que tratamos a imagem de uma mulher, e isso impacta significativamente o modo com que tratamos as mulheres em geral. Na verdade, eu diria que é importante demais.

A mente humana é um campo de treinamento para nossas crenças, e nossas crenças passam a ser nossas ações. Se uma criança ama uma boneca e cuida dela, provavelmente amará um irmãozinho ou uma irmãzinha de verdade e cuidará dele ou dela da mesma maneira. Se um adulto usa uma boneca e a transforma em um objeto semelhante a uma mulher, com o tempo sua mente justificará a objetificação das mulheres de verdade. Sua mente será reconfigurada para ver o sexo como um ato egoísta no qual é impossível abusar de uma parceira sexual, porque, assim como os robôs, ela existe apenas para seu prazer sexual. O prazer dela (ou até o consentimento dela) não é uma questão importante, desde que ele consiga o que deseja. Se alguém tem relações sexuais rotineiras com um objeto que lhe pertence, não demorará muito para ele tratar o parceiro ou a parceira sexual como um objeto de sua propriedade.

Talvez você pense que estou exagerando ao dizer que aqueles que veem pornografia ou participam de divertimentos sexuais são, de várias formas, todos sexistas. Não estou tentando julgar ou rotular as pessoas de modo geral; estou tentando apelar para nossa consciência coletiva. A indústria do entretenimento sexual está envenenando nossa mente e, consequentemente, envenenando nossos relacionamentos. Enquanto não admitirmos que o que passa na mente é importante, nós — e nossos filhos — correremos o risco de fazer algumas escolhas terríveis.

Por ser um homem que lutou contra a pornografia na adolescência e no início da idade adulta, posso dar meu testemunho dos impactos negativos que a pornografia exerce sobre uma pessoa e o casamento. Agora que minha esposa e eu trabalhamos com terapia para casais, vemos casamentos desmoronando todos os dias por causa da pornografia. Ensine, por favor, a seus filhos que a pornografia é destruidora. Seja franco a respeito de suas experiências e dos seus erros. Faça-lhes perguntas e seja um porto seguro para que eles saibam lidar com tudo o que estão pensando, sentindo e enfrentando. Não permita que outra pessoa tenha essas conversas com eles. Há muita coisa em jogo!

Ensine seus filhos a permanecerem longe da pornografia e afaste também a pornografia de sua vida. A pornografia prejudica nosso pensamento. Transforma os respeitadores de mulheres em homens que usam e abusam das mulheres. Pode parecer fácil justificar que ver pornografia é uma forma inofensiva de exploração sexual, mas ver pornografia como meio de atender às nossas necessidades sexuais é o mesmo que tomar veneno para matar a sede. Pode satisfazer no momento, mas, no final, sempre nos prejudicará.

Nas próprias palavras das mulheres

"Meu marido convenceu-me a ver pornografia com ele. A princípio, fiquei ofendida, mas, para ser sincera, a pornografia melhorou nossa vida sexual por uns tempos. Pelo menos era assim que eu pensava. Ela acrescentou um pouco mais de excitação, mas posteriormente me dei conta de que estava envenenando nosso casamento. Começamos a nos afastar um do outro no quarto, e, com o tempo, meu marido teve um caso extraconjugal. Nós nos divorciamos e, sinceramente, fiz uma retrospectiva e vi que todos os nossos problemas resultaram

daquela decisão de incluir a pornografia em nosso casamento. Gostaria de nunca ter feito isso. Creio sinceramente que, sem ela, continuaríamos casados."

DANA K. (39 anos)

"Quase todos os garotos de minha faculdade veem pornografia. Falam sobre ela o tempo todo como se estivessem vendo um desenho animado ou coisa parecida. Agem como se fosse normal, mas o modo com que olham para as mulheres e o modo com que falam das mulheres... é fácil ver que a pornografia está envenenando a mente deles. Um garoto me disse um dia que eu era parecida com a garota de seu filme pornográfico preferido e depois olhou para mim de cima a baixo como se estivesse me despindo em pensamento. Pode ser que alguém considere isso um elogio ou coisa parecida, mas nunca me senti tão insultada na vida! É triste. Quero me casar com um rapaz que não esteja envolvido com pornografia. Não quero competir com esse lixo."

STACY L. (21 anos)

"Pensei que estava fazendo tudo certo para proteger meus filhos da pornografia, mas, ao encontrar o histórico de sites acessados em nosso computador, descobri que nosso filho de 14 anos já estava viciado em ver pornografia. Sinto que falhei como mãe. Gostaria que a pornografia não existisse."

MARCY R. (38 anos)

Capítulo 7

LUXÚRIA E MASTURBAÇÃO

Mas eu digo: Qualquer que olhar para uma mulher e desejá-la, já cometeu adultério com ela no seu coração.

JESUS (MATEUS 5.28)

Se você tem um filho adolescente, há boas possibilidades de que ele se masturbe com mais frequência do que escove os dentes. Falo sério.

Não compartilho com você esse segredo dos garotos adolescentes para o deixar enojado ou chocado. Quero simplesmente que você saiba que a maioria dos meninos se masturba e faz isso com muita frequência desde o início da adolescência até o início da fase adulta. Você deve estar se perguntando o que os hábitos de um adolescente no chuveiro têm que ver com respeitar as meninas. Pode ser que esteja também se perguntando por que há um capítulo inteiro específico sobre esse assunto.

A resposta é esta: a masturbação descontrolada da maioria dos meninos durante a adolescência é um treinamento para que a mente e o corpo deles vejam as mulheres e meninas como objetos sexualizados e fantasias acessíveis a qualquer hora, para obter gratificação sexual. Isso pode transformar-se em uma manifestação egoísta e tangível de desrespeito com as mulheres. As pesquisas mostraram-me isso, mas aprendi também por experiência. Seguem algumas confissões reveladoras de adolescentes que foram parafraseadas da pesquisa, das postagens nas redes sociais e das entrevistas.

> *"Quero respeitar as garotas e, às vezes, sinto que as respeito, mas me masturbo fantasiando cada garota bonita que conheço. É difícil ver uma garota, pensar numa garota ou conversar com uma garota sem pensar imediatamente em sexo. Acho que, se as garotas soubessem o que se passa na minha cabeça, fugiriam gritando e nunca mais conversariam comigo."*
>
> JACKSON (16 anos)

> *"Quando converso com outro garoto, sempre olho nos olhos dele, mas percebi que, quando converso com garotas, sempre olho para a boca quando elas estão falando. Em vez de ouvir o que estão dizendo, fantasio estar beijando cada uma; ou pior, fantasio que elas estão fazendo sexo oral comigo. Já vi tanto sexo oral em pornografia que meu cérebro vê a boca de uma garota como órgão sexual. É nisso que penso quando me masturbo. Não consigo conversar com uma garota sem pensar nisso."*
>
> BLAKE (18 anos)

> *"A primeira vez que me masturbei, senti-me sujo e culpado... mas a sensação foi muito boa. Quanto mais me masturbava, menos sujo eu me sentia, mas a sensação era sempre boa. Às vezes, fico tão excitado ao ver as líderes de torcida treinando na aula de ginástica que corro para o vestiário fingindo que preciso ir ao banheiro, mas a verdade é que fico pensando nas garotas e me masturbando. Eu morreria se alguém me visse fazendo isso no colégio!"*
>
> LUKE (15 anos)

Quanto à minha história... na verdade, permita-me fazer uma declaração pessoal. Minha mãe lê tudo o que escrevo, porque ela é uma mãe maravilhosa que me apoia e encoraja. Mãe, sei que você está lendo estas palavras neste momento, mas, por favor, pule o restante deste capítulo. É embaraçoso admitir o que estou prestes a admitir, e será muito mais embaraçoso saber que você está lendo o que escrevi! Eu a amo. Mas, por favor, pule este trecho. Se você não fizer isso, nunca mais vou ter coragem de olhar para você nos olhos sem corar de vergonha.

Muito bem, onde eu estava mesmo? Quanto à minha história, no decorrer da adolescência, masturbei-me, sem exagerar, milhares de vezes. Acho que em média duas a três vezes por dia durante uma década inteira. Fazia parte de minha vida como comer e, muito semelhante à comida, eu sentia que morreria de fome se ficasse muito tempo sem me masturbar. É embaraçoso admitir e, só para ser justo com os leitores e os alertar, esta conversa vai ficar cada vez mais embaraçosa. Permaneça comigo enquanto conto alguns detalhes íntimos de meu passado. Trata-se de um ponto importante.

Os primeiros impulsos da masturbação podem variar desde ver uma propaganda de *lingerie* na televisão até ver uma garota de *short* muito justo passando por perto. Eu não tinha acesso à pornografia nos primeiros anos da adolescência, mas tinha um cartão-postal escondido na gaveta onde guardava minhas cuecas. Comprei o cartão-postal em uma loja de suvenires durante uma viagem da família a Myrtle Beach. O cartão mostrava uma foto excitante de uma mulher de camiseta molhada que deixava pouca coisa para a imaginação. Aquele cartão de meio dólar agiu como uma porta de entrada para drogas e, com o tempo, levou-me a formas mais explícitas de pornografia.

Meu hábito de masturbação era alimentado pela pornografia, e, quanto mais eu consumia pornografia, mais meu apetite aumentava por masturbação. Quanto mais eu me masturbava, mais o desejo sexual aumentava e mais pornografia eu queria ver, portanto um pecado alimentava o outro dentro de um ciclo vicioso que, na época, parecia não ter fim. Os pecados gêmeos da pornografia e da masturbação estão intimamente ligados, mas, dos dois, a masturbação é o mais difícil de abandonar. Mesmo depois de ter me livrado da pornografia, levei muitos anos para parar completamente de me masturbar.

A ironia a respeito desse ciclo de pecado em busca do prazer é que eu sentia muito pouco prazer nele. Sempre que nos entregamos a qualquer pecado, há um entorpecimento que começa a instalar-se em nossa alma como forma de gangrena espiritual que corrói nosso interior. Eu buscava prazer, mas encontrava pouco. Era um tolo que odiava a si mesmo, em busca de momentos fugazes de felicidade em vez de buscar a presença inabalável da alegria e paz verdadeiras.

Assim como Esaú do Antigo Testamento, eu estava trocando minhas bênçãos concedidas por Deus para satisfazer pecaminosamente uma fome momentânea. Em cada retorno a esse pecado, encontrava menos prazer e mais infelicidade. Embora a frequência desse hábito tivesse diminuído, continuei a praticá-lo com o desespero de um viciado e o desalento de um tolo. Quando, finalmente, recuperei o bom senso e me comprometi a aceitar a graça de Deus e seguir o plano de Deus, ainda assim, a jornada foi muito longa até encontrar cura e libertação completas.

Tão logo me livrei da pornografia, percebi que meu cérebro havia sido reconfigurado para que eu pensasse em algo que me excitasse no momento da masturbação, sem a ajuda de material pornográfico. Meus pensamentos eram constantemente perseguidos por lembranças, e, durante o período de abstinência, a masturbação tornou-se uma espécie de metadona, que ajuda os viciados em drogas a se livrarem dela enquanto o organismo passa pelo processo de desintoxicação. A masturbação era minha metadona. Apesar de não ver pornografia, o vício continuou. Havia uma interligação entre minha mente e meu corpo resultante de anos de luxúria, como se fosse uma teia intricada de pecados.

Mesmo depois de muitos anos, ainda me vêm à mente alguns pensamentos de meu antigo e nocivo modo de viver quando certas imagens se infiltram em meu cérebro ao ver *outdoors*, propagandas ou cenas inesperadas e excitantes na televisão. É uma luta contínua, e permanecer longe da pornografia e da masturbação é semelhante a uma forma de sobriedade. Nunca fui viciado em substâncias químicas, mas, ao fazer um retrospecto, reconheço que fui totalmente viciado e deixei-me escravizar por esses pecados. O afastamento definitivo dessas coisas exige vigilância constante e boas intenções.

Se você é mulher, talvez tenha ficado chocada com esse assunto ou até imagine que minha experiência tenha sido anormal. Embora algumas mulheres tenham tido experiências parecidas com as minhas nessas áreas, o número de homens afetados pela masturbação é desproporcional. A maioria dos homens que está lendo este livro deve estar assentindo com a cabeça, porque suas experiências são muito semelhantes às minhas. Nos tempos de colégio, meus colegas e eu conversávamos abertamente sobre masturbação e até fizemos uma aposta para saber quem se masturbaria mais durante um mês. Eu perdi a aposta, e, supondo que suas palavras tenham sido verdadeiras, o vencedor chegou quase a dobrar o meu número de vezes.

Há um ponto muito importante a ser esclarecido: só porque a masturbação é "normal" no sentido de que quase todos os meninos a praticam, não significa que sua prática desenfreada seja correta. Mesmo quando estava enredado nesse ciclo interminável de luxúria e autogratificação por meio da masturbação, eu sabia que estava cometendo um erro. Eu sabia que Jesus ensinara que a luxúria é uma forma de adultério e sabia que a Bíblia dizia que não devemos ter nenhum indício de imoralidade sexual. Ainda assim, eu achava fácil justificar meu "pecadinho" sob a luz das alternativas. Eu me justificava com pensamentos como estes:

Não estou fazendo sexo com ninguém, portanto ninguém vai ser prejudicado.

O corpo é meu, e estou fazendo uma manutenção de rotina.

Eu poderia estar fazendo muitas coisas piores. Talvez esta prática até seja saudável.

Um dia, vou ter uma esposa e não vou mais precisar fazer essas coisas. Enquanto esse dia não chegar, é isso que precisa ser feito.

É claro que todas as minhas justificativas não passavam de mentiras frívolas para que eu me sentisse melhor a respeito de meu pecado. Imaginava estar no controle, mas não estava. Imaginava que poderia manter os pecados da masturbação e da luxúria trancados cuidadosamente em um compartimento de minha mente e de minha vida e que nunca causariam problema em meus relacionamentos. Estava errado.

Depois de uns tempos, a pornografia e a masturbação não eram suficientes para me satisfazer. Entrei em um mundo de concessões que nunca me passaram pela cabeça. Quando ingressei na faculdade, havia beijado apenas uma moça e jurado a mim mesmo que, além de meu pecado da luxúria e masturbação, jamais ultrapassaria os limites sexuais com uma mulher. Permaneceria completamente "puro" até o casamento. Estava cego diante de minha hipocrisia. Meus pensamentos eram vulgares e indecentes, e eu reproduzia aquelas imagens na mente repetidas vezes, mas continuava convencido de que meu pecado estava sob controle. Cheguei até a me elogiar por minha moderação sexual. Quanta tolice!

Depois dos primeiros meses de faculdade, comecei a namorar uma moça e logo permiti que nosso relacionamento ultrapassasse fisicamente todos os meus limites predeterminados. Começou com carícias avançadas, mas logo passou para masturbação mútua. Eu raciocinava assim: *Ora, já que eu ia me masturbar de qualquer maneira, qual é o problema de ter alguém que faria isso por mim?*

Minha namorada era uma moça de boa família, mas eu sabia que não me casaria com ela. Dar continuidade ao relacionamento e ao pecado foi uma forma íntima de desrespeito. Estava usando-a para meu prazer. Justificava argumentando que não estávamos fazendo sexo de verdade; portanto, não havia nenhum problema, mas sabia que estava errado. E não pensava em desistir dela. Permiti que minha consciência fosse cauterizada, para que o meu prazer pudesse ser aumentado, e essa troca provou ser muito prejudicial.

Mesmo depois que o namoro terminou e tive a oportunidade de um recomeço, vi-me escorregando em direção a um período tenebroso de pecado e concessões. Tive vários encontros fortuitos e um rápido relacionamento no qual continuei a extrapolar e comecei a justificar o sexo oral. Apesar de Bill Clinton ter argumentado pouco tempo antes, em rede nacional, que sexo oral não era sexo de verdade, eu sabia que havia ultrapassado outra grande linha. Sabia que as desculpas que tentava encontrar para justificar minha virgindade técnica não eram agradáveis a Deus. A verdade bíblica sempre vence a opinião popular.

Felizmente, recuperei o bom senso e me arrependi, o que é uma maneira religiosa de dizer que decidi começar tudo de novo e em outra direção. A graça de Deus esteve presente para mostrar-me o caminho. Na época em que conheci Ashley, no primeiro dia do terceiro ano de faculdade, minha fé era bem maior do que muito tempo antes. Queria ser um homem íntegro e de fé genuína, digno do respeito dela.

Quando começamos a namorar, decidimos mutuamente pela pureza sexual e não extrapolamos o que havíamos estabelecido. Nós dois tivemos a primeira relação sexual na noite de núpcias, e esse foi um presente muito especial que demos um ao outro. Sou muito agradecido pela escolha que fizemos de honrar a Deus em nosso casamento, mas ainda me arrependo das concessões que fiz e dos pecados que justifiquei antes de conhecer Ashley. Gostaria de voltar no tempo e dizer ao meu eu mais jovem: nunca troque prazer temporário por arrependimento permanente.

Alguns anos depois do casamento, voltei ao ciclo da pornografia e masturbação. As ondas de vergonha e nojo que senti quando voltei a cair naquele poço de pecado foram devastadoras. A graça de Deus e de Ashley, e outras responsabilidades muito necessárias, ajudaram-me a quebrar o ciclo de uma vez por todas, mas ainda me sinto arrasado pelo sofrimento que causei à minha preciosa esposa em razão de meu pecado egoísta.

Quando me lembro do sofrimento que causei a Ashley e do desrespeito que demonstrei em relação a outras mulheres, sinto-me motivado a pôr algo em prática ao qual dei o nome de Respeito Retroativo. Não sou capaz de construir uma máquina do tempo para viajar de volta e desfazer os pecados do passado, mas posso fazer algo proativo que honre as mulheres de meu passado, presente e futuro. Posso procurar oportunidades diárias de aprender com o passado e decidir ser mais respeitoso todos os dias. Posso também ensinar essas lições a meus filhos, e você pode fazer o mesmo com os seus. Haverá necessidade de confissões constrangedoras de sua parte, como as que acabo de compartilhar com você, mas faça o possível para ajudar seus filhos a fazerem escolhas sábias, principalmente em relação à pureza sexual. Ensine a eles que pecados como luxúria e masturbação, que parecem fáceis de justificar, sempre produzirão outros pecados destrutivos se permitirmos que continuem. Nenhum pecado é inofensivo.

O pecado nunca permanece no compartimento que você escolheu para ele ficar. As fantasias sexuais que você reproduz repetidas vezes no cérebro causarão impacto em outros aspectos de sua vida se permanecerem em seu cérebro para sempre. A Bíblia diz que a pessoa é aquilo que imagina em sua alma (v. Provérbios 23.7, *ARA*). Em outras palavras, nossos pensamentos moldam nossa vida. Criam um mapa rodoviário de nossa vida e dos nossos relacionamentos. Tudo o que fazemos, seja bom, seja mau, começa na mente bem antes de ser posto em prática.

Quando encorajou a igreja de Filipos a pensar em tudo o que é "excelente ou digno de louvor" (Filipenses 4.8), Paulo estava falando de muito mais que o poder do pensamento positivo. Estava lembrando a eles — e a nós — que entre nossas orelhas existem as linhas fronteiriças da guerra espiritual. O cérebro é o órgão sexual mais poderoso de todos.

> Tudo o que fazemos, seja bom, seja mau, começa na mente bem antes de ser posto em prática.

A mente: o mais poderoso órgão sexual humano

Enquanto lia, pesquisava, examinava a alma e orava a respeito do que precisava ser incluído neste livro, percebi rapidamente que tinha de focar não apenas no que os meninos estavam fazendo com o próprio pênis, mas tinha também de focar no que estava acontecendo na mente deles. O respeito ou desrespeito com as mulheres começa com pensamentos. A restrição sexual ou pecado sexual começa na mente. Eliminar maus hábitos e começar a desenvolver hábitos saudáveis — tudo começa na mente. Quanto mais entendermos o que os meninos pensam e sentem, mais capazes seremos de ajudá-los a fazer escolhas sábias e saudáveis.

Não sou psicólogo nem neurocientista, portanto sabia que necessitaria de algum respaldo neste aspecto do livro. Parte de minhas pesquisas incluiu uma entrevista com minha boa amiga Shaunti Feldhahn, autora de *best-sellers* e brilhante pesquisadora em assuntos relativos a relacionamentos humanos. Ela e o marido, Jeff, são citados neste livro, e suas pesquisas e ideias ajudaram-me tremendamente.

Shaunti compartilhou comigo algumas ideias brilhantes e provocadoras sobre as diferenças entre o processo do pensamento masculino e o processo do pensamento feminino e como essas diferenças exercem influência no comportamento dos meninos. Compartilhou também uma pesquisa neurológica de ponta que mostrava as diferenças entre o escaneamento do cérebro masculino e o escaneamento do cérebro feminino quando as pessoas veem imagens de uma pessoa atraente do sexo oposto. Partes completamente diferentes do cérebro dos homens e das mulheres se iluminaram durante o escaneamento.

Vou resumir as ideias de Shaunti em termos leigos, mas você poderá ver a totalidade dessa pesquisa inovadora em seu livro em coautoria com meu amigo Craig Gross. O título do livro é *Through a Man's Eyes: Helping Women Understand the Visual Nature of Men* [Através dos olhos de um homem: ajudando as mulheres a entenderem a natureza visual dos homens].[1]

Shaunti explicou que, embora tanto os homens quanto as mulheres sintam prazer em olhar para uma pessoa atraente do sexo oposto, e ambos os gêneros sejam tentados pela luxúria visual ou pela pornografia, há algumas diferenças importantes. O cérebro da mulher ilumina-se no córtex pré-frontal, que é um tipo de Estação Central do cérebro. A partir daí, ela permanece no controle do que escolhe fazer com as imagens. Talvez queira guardá-las na memória ou descartá-las, mas o processo é lógico, e ela sente normalmente que pode fazer o que deseja com as imagens mentais.

No caso dos homens e dos meninos, o processo é totalmente diferente. Quando a imagem de uma mulher atraente ou qualquer outra imagem sexualizada penetra o cérebro

---

[1] Colorado Springs, CO: Multnomah, 2015.

deles, o processo não começa no córtex pré-frontal. A parte iluminada é a base do cérebro, que provoca uma reação mais primitiva e que dá ao homem a sensação de estar enfrentando uma guerra mental para tentar arrancar aquelas imagens ou pensamentos da mente antes que comecem a rodar no cérebro e a destacar-se de forma sexualizada.

O processo pode ser diferente para os homens, mas não significa que os homens têm menos poder sobre seus pensamentos. Significa simplesmente que os homens em geral têm de ser mais vigilantes quanto às imagens sexualizadas e mais intencionais quanto à renovação da mente. Martinho Lutero disse: "Você não pode impedir que um pássaro voe acima de sua cabeça, mas pode impedi-lo de fazer um ninho em seus cabelos".

Lutero estava falando de nossos pensamentos. Nem sempre podemos controlar os pensamentos ou as imagens que passam em nosso cérebro, mas, embora isso possa causar tentação, temos de escolher que pensamentos e imagens vamos permitir que permaneçam lá.

Max Lucado compartilhou uma analogia semelhante em seu livro *best-seller* intitulado *Anxious for Nothing*, no qual ele apresenta a analogia da mente como um aeroporto e os aviões representando todos os diferentes pensamentos, imagens e preocupações que vêm e vão o tempo todo. Lucado desafia o leitor a perceber que temos poder sobre nossa mente semelhante ao de um controlador de tráfego aéreo. Somos nós que determinamos que pensamentos devem "aterrizar" e que pensamentos devem "decolar".[2]

---

[2] **Anxious for Nothing:** Finding Calm in a Chaotic World. Nashville: Thomas Nelson, 2017. p. 121. [**O fim da ansiedade:** o segredo bíblico para livrar-se das preocupações. Rio de Janeiro: Thomas Nelson Brasil, 2017.]

Deus nos concedeu realmente um grande poder em nossa mente e, em sua sabedoria, ele também criou diferenças únicas no modo pelo qual os homens e as mulheres processam as coisas. Embora essas diferenças sejam boas em última análise, podem criar desrespeito não intencional e deficiência de comunicação quando os homens e as mulheres desconhecem a existência dessas diferenças.

Alguns equívocos se relacionam diretamente aos diferentes modos pelos quais os homens e as mulheres processam as imagens do sexo oposto. Em seu livro *For Young Men Only* [Somente para rapazes], Jeff Feldhahn conduziu centenas de entrevistas com meninos e meninas adolescentes. Descobriu que, quando as meninas usavam roupas justas demais, a maioria dos meninos imaginava que elas faziam isso com a intenção de convidá-los a avançar sexualmente ou de provocar fantasias sexuais nos meninos que as viam. Os meninos imaginavam que as meninas sabiam que eles olhariam com cobiça para as partes descobertas do corpo ou para as roupas justas, portanto as meninas querem ser vistas através de uma lente sexualizada.

Quando Jeff entrevistou as meninas sobre o mesmo assunto, a maioria ficou horrorizada e chocada ao saber que os meninos pensavam dessa maneira. A maioria das meninas disse que escolhia as roupas com base principalmente no que estava na moda e que nunca lhes ocorreu que os meninos as viam ou viam suas roupas de maneira sexual. Grande parte delas sentiu repulsa pela ideia de que os meninos as consideravam objetos de luxúria durante a masturbação. De fato, apenas 4% das meninas disseram que escolhem as roupas para atrair a atenção sexual dos meninos, ao passo que

90% dos meninos achavam que as meninas se vestiam daquela forma para receber atenção sexual. Esse é um dos muitos exemplos de como as percepções errôneas podem causar tensão não intencional e desrespeito.[3]

Apenas a título de esclarecimento, o menino não deve transformar a menina em objeto independentemente do que ela esteja usando, mesmo que ela esteja entre os 4% que se vestem de modo provocante com a intenção de receber atenção sexual. Não vou mergulhar no campo minado do debate sobre como as meninas devem vestir-se ou o que devem fazer de modo diferente para criar dinâmicas saudáveis em relacionamentos mistos. Esses são assuntos para outro livro escrito por outro autor. Quero apenas compartilhar um pequeno comentário: a maioria das meninas e das mulheres pensaria de modo diferente sobre seu guarda-roupa se soubesse tudo o que se passa na cabeça do homem.

Os homens podem ser programados com uma tentação visual de luxúria, mas, embora a tentação seja inevitável, a luxúria é sempre opcional. Em *Through a Man's Eyes*, Shaunti resume bem esse conceito, quando diz: "Embora a neurociência mostre que a primeira reação é instintiva e biológica, não voluntária, o passo seguinte é sempre uma escolha".[4]

Grande parte da luxúria, da má comunicação e das mensagens não intencionais enviadas dos meninos às meninas e vice-versa resulta de padrões obscuros e perguntas não verbalizadas. O que podemos fazer, como pais, para esclarecer o assunto? Precisamos entender a realidade da situação.

---

[3] FELDHAHN, Jeff; RICE, Eric. **For Young Men Only:** A Guy's Guide to the Alien Gender. Colorado Springs, CO: Multnomah, 2008. p. 136.
[4] P. 23.

Primeiro, os meninos estão lutando contra hormônios ferozes, tentação visual constante e guerra mental sobre como devem reagir. Segundo, a maioria dos meninos pensa erroneamente que as meninas desejam ser objeto de suas fantasias sexuais ou de atenção sexual simplesmente pelo modo com que se vestem. Terceiro, os meninos precisam saber que não é apropriado nem respeitoso sexualizar ou objetificar qualquer menina por qualquer motivo, seja qual for a roupa que ela estiver usando.

Nossos meninos precisam saber também que podem vencer essa batalha. Necessitam vencer essa batalha. Não podem apresentar desculpas. Precisam saber também que você, seja mãe, seja pai, é o porto seguro para o qual eles devem dirigir suas perguntas. Sei que essas conversas são constrangedoras, confusas e assustadoras, mas fazem parte da missão dos pais. Seja um porto seguro para seu filho.

A maioria de nossos meninos sente secretamente que não tem poder sobre os pensamentos sexuais, e a ideia de esperar até o casamento para liberar a energia sexual de modo saudável parece impossível. Uma de nossas tarefas mais importantes é ajudá-los a encontrar coragem, força e fé de que Deus lhes concedeu o poder de fazer o que aparentemente é impossível. Eles precisam ser lembrados de que podem todas as coisas em Cristo que os fortalece (v. Filipenses 4.13).

O poder para fazer coisas difíceis

Recentemente, Ashley comprou uma videoconferência *on-line* para nossos filhos mais velhos. A conferência chama-se "Faça coisas difíceis" e é apresentada pelos gêmeos Alex e Brett Harris que ainda eram adolescentes na época em que o vídeo foi gravado. Esses irmãos altamente qualificados também escreveram um livro *best-seller* com o mesmo título.[5]

Nossos filhos Cooper e Connor resmungaram e reclamaram quando ligamos o *notebook* e iniciamos os vídeos. Prefeririam muito mais um jogo eletrônico, mas dissemos-lhes que os vídeos mereciam ser vistos. Depois de alguns minutos de aula, meus filhos acalmaram-se e pararam de reclamar e tiveram a atenção atraída pelo que estavam aprendendo.

No vídeo, os gêmeos adolescentes se dirigiam a um auditório lotado de milhares de outros adolescentes. Os irmãos falaram sobre as baixas expectativas de nossa cultura para os adolescentes e como essas baixas expectativas de demora para entrar na fase adulta contrastavam fortemente com as expectativas das gerações anteriores. Contaram histórias estimulantes de rapazes e moças do passado que lideraram grandes movimentos na adolescência e depois convidaram os espectadores do vídeo a fazerem o mesmo. Em vez de rebelar-se contra as regras ou contra os pais, os adolescentes estavam lançando um desafio para rebelarem-se contra a cultura de direitos adquiridos, apatia e preguiça.

Tive de conter-me para não me levantar e aplaudir, mas consegui dominar-me e manter a calma. Perguntava a todo momento aos meninos o que eles estavam achando. Eles me davam respostas esperadas e genéricas, mas eu sabia que estavam prestando atenção.

Permiti que eles vissem sozinhos os outros vídeos. Nossos filhos mais velhos em uma esteira rolante todos os dias quando não têm outras formas de exercício. A esteira rolante permite

---

[5] Do Hard Things Conference. DVDs. The Rebelution. Disponível em: <https://www.dohardthings.com/conference>.

que vejam os vídeos ou conversem com amigos por telefone enquanto se movimentam. Conversavam enquanto viam o conteúdo do vídeo "Faça coisas difíceis" e, com o coração batendo acelerado em razão do exercício, a mente deles assimilava conhecimento.

Dentre todas as histórias e princípios mostrados nos vídeos, uma história despertou o interesse dos dois. Os gêmeos explicaram como os elefantes são domados e treinados para trabalhar na Índia. Um elefante adulto tem o poder de derrubar uma árvore alta com sua força bruta, mas o elefante não resiste quando amarrado a uma simples corda. O animal desiste ao primeiro sinal de resistência.

O elefante não se livra da corda porque, quando era filhote, o treinador amarrava-lhe as pernas com correntes grossas e grilhões desconfortáveis. O filhote lutava e se debatia até o momento em que os grilhões machucavam seu tornozelo e causavam grande dor. Por fim, ele parava de lutar contra a corrente. À medida que o tempo passava e o elefante parava de lutar, a corrente era substituída por uma corda leve, mas ele não se debatia mais.

Mesmo quando chegava à fase adulta e tinha força suficiente para levantar toras pesadas com a tromba ou arrastar toneladas de peso com sua força descomunal, o elefante sentia-se impotente para lutar contra a corda. Em sua mente simplória, ele acreditava que devia desistir ao primeiro sinal de resistência, porque no passado não conseguiu se libertar. O elefante não tinha ideia da força que possuía, portanto podia ser facilmente controlado por algo muito mais fraco que ele. Passava a vida toda como escravo simplesmente por desconhecer a própria força.

Gosto muito da metáfora desses elefantes, porque se aplica a muitas áreas da vida. Nossos filhos estão crescendo em um mundo que lhes ensina a desistir ao primeiro sinal de resistência. Nossos filhos têm recordações nítidas dos tempos em que tentaram livrar-se de algo e não conseguiram mudar a situação. Nossos filhos, assim como você e eu, são tentados a desistir assim que a vida apresenta dificuldades.

No que se refere ao assunto luxúria e masturbação, seu filho talvez tenha desistido e aceitado o mito de que não tem poder sobre a situação. Era assim que eu me sentia. Estava permitindo que a "corda" da masturbação me mantivesse preso dentro de um ciclo semelhante à escravidão de luxúria e autogratificação. No passado, não conseguira impor minha força de vontade, de modo que, envergonhado e derrotado, acreditava que viveria sempre na escravidão.

Talvez você se sinta incapaz de ajudar seu filho a resolver os problemas que ele enfrenta, ou talvez até o fato de ter aquela conversa com ele o deixe aterrorizado, mas você é mais forte do que imagina. É capaz de fazer coisas difíceis.

Talvez seu filho se sinta sem forças para livrar-se da escravidão da luxúria e da masturbação, mas ele é mais forte do que imagina. Além de ser capaz de fazer coisas difíceis, ele tem um poder à sua disposição muito maior que a força enorme do elefante. E esse mesmo poder está também acessível a você.

Temos mais força do que imaginamos, mas nossa força por si só nunca é suficiente. Graças a Deus, nossa força em si não precisa ser suficiente. O próprio Jesus deseja lutar essa batalha conosco e por nós. Ele está esperando pelo nosso convite.

Pode parecer estranho orar pedindo força em áreas como masturbação, mas nenhuma conversa com Deus deve parecer estranha. Nosso Pai celestial vê nossas lutas e imperfeições. Nunca fica chocado ou surpreso com os nossos pecados. Ele deseja perdoar e dar a oportunidade de um recomeço.

Tenha coragem de falar francamente com seu filho sobre esses assuntos. Não o deixe envergonhado ou constrangido. Ouça o que ele tem a dizer e permita que fale de suas lutas. Se ele não se abrir, pressione-o a falar do assunto. Se ainda assim ele não se abrir, fale com o coração e oriente-o.

Se não sabe o que dizer, pode começar falando sobre o fato de que tudo o que alimentamos fica maior. Quando alimentamos exageradamente nosso corpo, ele fica maior. Quando alimentamos a conta bancária com depósitos, nosso saldo fica maior. Quando alimentamos pensamentos lascivos com luxúria e autogratificação, nossos desejos ficam maiores e, por fim, produzem expressões nocivas de desejo.

Desafie seu filho a refletir cuidadosamente sobre o que ele está alimentando. Será que ele está alimentando a mente e a alma com a verdade da Palavra de Deus? Quanto mais textos bíblicos depositamos na mente, mais protegemos nossos olhos e nosso coração de nos desviar do caminho. A Bíblia diz: "Guardei no coração a tua palavra para não pecar contra ti" (Salmos 119.11).

Se não alimentarmos sempre a mente com a Palavra viva de Deus, não teremos nenhum apetite por ela. Se alimentarmos a mente com pensamentos lascivos o tempo todo, nosso apetite será movido pela lascívia. Seu filho continuará a ter um forte impulso sexual, mesmo que esteja fazendo tudo certo e lutando muito para proteger seus pensamentos, mas, se ele estiver alimentando a mente com coisas certas, vencerá a luta pela pureza. Ele não tem de ser escravizado pela corda da luxúria quando possui força para libertar-se.

Se seu filho acredita na mentira de que ele precisa masturbar-se para manter o corpo em bom funcionamento, relembre-o de que não há justificativa aceitável para o pecado. A luxúria é pecado, e é quase certo que há luxúria na mente durante a masturbação. Se o corpo necessita liberar sêmen, Deus criou uma espécie de válvula de escape embutida. Chama-se polução noturna ou "sonho molhado". Deus nunca nos coloca em uma posição na qual nossa única escolha seja pecar. Temos sempre a escolha de mostrar resistência ao pecado.

Embora seu filho necessite saber a verdade sobre o pecado sexual, ele nunca deve sentir-se pervertido, sujo ou estranho por ter fortes desejos sexuais. Nunca deve envergonhar-se de sentir atração por moças ou por sentir fortes desejos por elas. São desejos saudáveis que procedem de Deus, mas, se forem expressos na hora errada ou da maneira errada, podem prejudicar a verdadeira intimidade e transformar o respeito pelas mulheres em objetificação das mulheres.

> **Embora seu filho necessite saber a verdade sobre o pecado sexual, ele nunca deve sentir-se pervertido, sujo ou estranho por ter fortes desejos sexuais.**

Enquanto escrevo estas palavras, continuo sentado no quarto de meu filho Chatham, de 3 anos, vendo-o adormecer lentamente. Depois do longo e árduo processo de fazê-lo chegar a este ponto após várias idas ao banheiro, escovação desordenada dos dentes, histórias para dormir, oração, um último copo com água e milhares de outras distrações para adiar a hora de dormir, ele finalmente está deitado na cama e em paz. Vê-lo adormecer é a parte do dia em que mais sinto paz.

Da mesma forma que ocorreu com meus filhos mais velhos, sei que Chatham crescerá em um mundo repleto de imagens carregadas de sexo, tentações por toda parte e mentalidade corrompida em relação à sexualidade. Neste instante, ele é muito inocente e ainda não foi contaminado pela luxúria que encontrará um dia. Parte de mim deseja protegê-lo neste quarto repleto de cantigas de ninar e animais de pelúcia e preservar, de alguma forma, sua inocência, impedindo que ele fique frente a frente com a tentação, mas sei que essa não é uma ideia prática.

Ao contrário, quero ter um bom relacionamento com ele e com todos os meus filhos preciosos, para que saibam que podem conversar comigo sobre qualquer assunto. Quero que saibam que estou ao lado deles e que os amarei incondicionalmente seja qual for a confusão em que eles se meterem. Quero também que saibam que os amo demais para permitir que pequem. Quero transmitir-lhes responsabilidade. Quero fornecer-lhes respostas. Quero fornecer tudo do que necessitarem, mas sei também que falharei algumas vezes.

Acima de tudo, quero que eles saibam que existe um Pai perfeito que os ama mais do que eu e que os ajudará de uma forma que não posso. Quero que meus meninos amem e sigam Jesus. Ele enfrentou todas as tentações e não pecou. Olhava para as mulheres com total respeito, nunca com luxúria ou condenação nos olhos. Ele pode perdoar e restaurar quando nossas ações provocam quebras de promessas e corações partidos.

Nas próprias palavras das mulheres

"Quero me casar com um rapaz que olhe para mim do modo que meu pai olha para minha mãe. Ele olha para minha mãe como se ela fosse a mulher mais bonita do mundo. Há algo

muito puro e poderoso nisso. E muitos meninos olham para as meninas como se fossem objetos descartáveis para o próprio prazer deles. Não quero me contentar com isso. Nenhuma mulher deve contentar-se com isso."

Morgan E. (16 anos)

"Finalmente meu marido abandonou a pornografia, mas o hábito da masturbação continua. Mesmo quando ele não está vendo pornografia, todas aquelas imagens passam por sua mente o tempo todo, e ele gosta da sensação. Todas as vezes que estou no clima e quero iniciar uma relação sexual, ele não está no clima porque já se masturbou. Isso me faz sentir feia e rejeitada. Parece uma forma de infidelidade. Nosso casamento está sendo prejudicado, mas ele acha que o problema não é tão grande assim porque ele faz isso desde o ensino médio."

Susie B. (45 anos)

Capítulo 8

O CASAMENTO EXEMPLAR

Se o homem ama a alma de uma mulher, acabará amando apenas uma mulher, mas, se ele ama o corpo ou o rosto de uma mulher, então todas as mulheres do mundo não o satisfarão.

AUTOR DESCONHECIDO

Se você já leu algumas de minhas obras anteriores, provavelmente conhece meu modo de escrever e de falar sobre o casamento. Ashley e eu somos apaixonados por ajudar a construir casamentos mais fortes, porque acreditamos que os casamentos mais fortes criam famílias mais fortes, e famílias mais fortes criam um mundo melhor para as futuras gerações. Estamos também convencidos de que a forma com que encaramos o casamento produz grande impacto no modo com que nossos filhos aprendem a respeitar a si mesmos e aos outros.

A maior parte deste livro concentra-se nas lições que nós, os pais, necessitamos ensinar aos nossos filhos, mas este capítulo identificará os princípios de relacionamento necessários que servirão de exemplo para eles. Um capítulo concentrado no casamento, incluído no meio de um livro sobre como educar meninos, parece fora de lugar, mas eu diria que talvez seja um dos capítulos mais importantes deste livro. Digo aos casados que a união conjugal é o exemplo mais importante de amor e respeito entre um homem e uma mulher que seus filhos verão. Por meio de exemplos diários, vocês mostram aos seus filhos como devem tratar as mulheres e mostram às suas filhas o que devem esperar dos homens.

Para os pais e mães solteiros, antes de tudo tiro o chapéu para você que enfrenta a tarefa mais difícil do Planeta. Sua missão como pai solteiro ou mãe solteira é árdua, porém o investimento que você faz na vida de seu filho terá, sem dúvida, um impacto enorme. Além de todo o trabalho que realiza e do peso que carrega, você encontrou tempo para ler este livro simplesmente para ser um pai ou mãe melhor e criar um filho mais respeitoso. Não o conheço pessoalmente, mas, por favor, saiba que tenho profundo respeito por você.

Quero discutir os princípios e práticas que trarão mais paz ao seu lar e a todos os seus relacionamentos. As histórias e lições que compartilharei aqui estarão primordialmente dentro do contexto do relacionamento conjugal, mas esses mesmos princípios o ajudarão a progredir em outros relacionamentos, inclusive no relacionamento com seus filhos. Tudo começa quando criamos um clima de paz no lar.

O casamento do tipo tornado F5[1]

Você já sentiu que seu casamento estava preso dentro de um ciclo de negativismo? Sem querer, você e seu cônjuge continuam caindo na mesma rotina do negativismo e críticas e não sabem como sair dessa situação. Penso que a maioria dos casamentos, senão todos, passa por essa fase de vez em quando. Esse ciclo de negativismo pode criar sentimentos de desespero e desalento,

---

[1] Tornado com velocidades de vento entre 420 e 511 km/h que destrói tudo em seu caminho, a ponto de arremessar carros a centenas de metros e levantar edifícios do chão. [N. do T.]

que ameaçam transmitir aos nossos filhos exemplos errados de relacionamento. O respeito é quase sempre o primeiro que desaparece quando há um clima negativo pairando no lar.

A maioria dos casamentos enfrenta tempestades de frustração ou conflito, mas, quando essas fases se transformam em rotina, a sobrevivência do casamento corre perigo. Há muitos fatores que levam a um ciclo negativo. Pode ser movido por estresse, exaustão, comunicação imperfeita ou uma centena de outros motivos.

O modo com que essa situação começa é tão importante quanto o modo com que ela termina, porque, se você permitir que o ciclo negativo continue, ele poderá destruir seu casamento e ensinar lições erradas aos seus filhos, que prejudicarão o futuro casamento e relacionamento deles.

Gosto de referir-me a esse ciclo negativo como Casamento do Tipo Tornado F5. Meu conhecimento sobre tornados é limitado ao que aprendi no clássico filme *Twister*, da década de 1990. (Será que eu ou os filmes da década de 1990 eram melhores que agora?) Lembro-me de que o filme mostrava que um tornado F5 é a tempestade mais violenta da terra. Quando estamos no centro de um Casamento do Tipo Tornado F5, sentimos definitivamente que estamos no meio da tempestade mais violenta de nossa vida.

Veja como funciona: há cinco fatores nessa tempestade do conflito conjugal e todos começam com a letra F (daí o nome F5). Cada um deles conduz ao ciclo seguinte da lista, e, a cada giro em torno dos cinco, a violência da tempestade aumenta. Talvez você seja um aprendiz visual como eu, portanto dê uma olhada neste gráfico simples, que explica o Casamento do Tipo Tornado F5, e a seguir vou explicar como funciona:

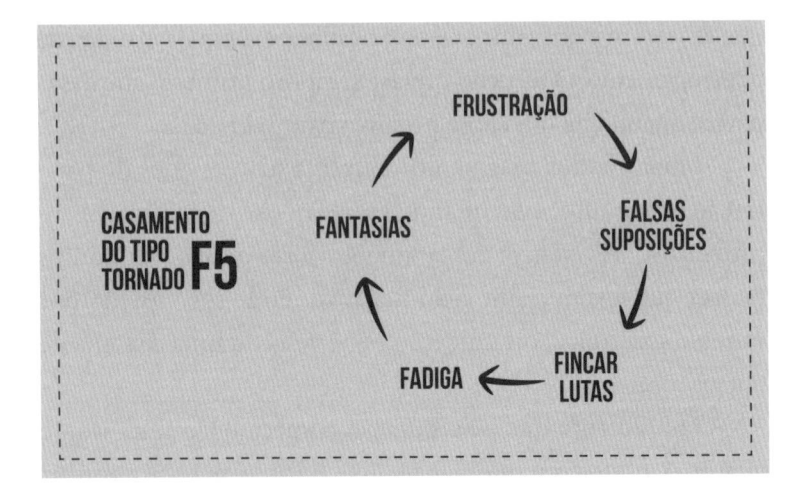

```
        FRUSTRAÇÃO
           ↗    ↘
FANTASIAS        FALSAS
                 SUPOSIÇÕES
    ↑              ↓
   FADIGA  ←  FINCAR
              LUTAS
```

CASAMENTO DO TIPO TORNADO **F5**

A tempestade sempre começa com frustração. Todos nós temos frustrações de vez em quando. Essas frustrações podem não ter nada que ver com nosso cônjuge, mas a forma com que lidamos com a frustração pode causar um impacto tremendo na comunicação com ele. Quando somos enredados nessa tempestade, a frustração sempre leva a falsas suposições.

As falsas suposições ocorrem quando acreditamos nas mentiras de que nosso cônjuge está contra nós ou que não se interessa tanto quanto nós por determinado assunto. Tão logo essas falsas suposições tornam-se infecciosas, inevitavelmente finca-se a luta, que pode vir a ser uma guerra de palavras ou uma guerra de disparos não verbais com a finalidade de ferir um ao outro.

Por fim, as lutas fincadas produzem fadiga, o que é perigoso porque temos a tendência de tomar as piores decisões quando estamos cansados. A fadiga turva a visão e impede-nos de ver a situação com clareza. A fadiga também nos torna suscetíveis à quinta fase do ciclone, ou seja, as fantasias. Quando nos cansamos do ciclo inteiro, é fácil cair na armadilha tóxica da fantasia em forma de fuga para pornografia, romances, antigas paixões nas redes sociais ou apenas imaginar uma vida melhor sem o cônjuge.

O processo leva-nos direto ao começo da tempestade, porém com mais frustração ainda, e o ciclo continua a se repetir até que um dos cônjuges (ou ambos) desiste do casamento ou decide lutar pela paz.

Se você está nessa tempestade, que tem causado o fim de muitos casamentos, não desista. Por favor, não acredite no mito de que seu casamento será sempre envolvido nesse ciclo exaustivo de negativismo e conflito. Você tem o poder de promover a paz. A tempestade F5 tem uma solução F5. Veja como funciona:

Plano de paz F5 para o casamento

O plano de paz F5 começa com a frustração. Como já mencionei, a frustração é uma parte inevitável da vida e do casamento, mas você não tem de permitir que a frustração o conduza para dentro do ciclo da tempestade. No plano de paz, no momento em que sente frustração, você interrompe o ciclo negativo ao escolher **firmar-se no perdão**. Opte por abrir mão de qualquer rancor ou animosidade que esteja carregando. Nao sabemos quem disse esta frase, mas é verdade que "guardar rancor é o mesmo que tomar veneno e esperar que a outra pessoa morra".

Sentir rancor e contar as vezes em que seu cônjuge errou são atitudes que envenenarão seu casamento. Escolha perdoar e siga em frente concedendo graça ao seu cônjuge. Esse é o primeiro passo e o mais importante para você encontrar a paz verdadeira e duradoura no casamento — e na vida em geral.

Depois de perdoar, siga o sábio exemplo do apóstolo Paulo e **fixe os pensamentos nas coisas boas** (v. Filipenses 4.8). Não permita que sua mente se fixe no negativo. Tudo o que controla seu foco parecerá maior, portanto faça o possível para **fixar-se nas coisas boas**. Se estiver olhando para os defeitos de seu cônjuge, você só verá os defeitos; mas, se estiver olhando para as virtudes, começará a ver as virtudes.

Fixar os pensamentos no positivo deve ser um lembrete constante para você passar para a fase seguinte: **focar as promessas de Deus**. Lembre-se de que Deus está com você e que ele é maior que qualquer luta que você esteja enfrentando. Suas promessas são verdadeiras e confiáveis. Mergulhe na Palavra de Deus e escolha confiar em que Deus está no controle mesmo quando a vida apresenta dificuldades.

Ao seguir essas orientações, você descobrirá uma renovação mental e espiritual que conduzirá à última fase: **ficar em paz**. A paz verdadeira é encontrada no Príncipe da Paz. Quando Cristo está no centro de seus pensamentos, ele sempre traz mais paz à sua perspectiva. Cristo deseja trazer mais paz ao seu coração, ao seu lar e ao seu casamento.

Gosto muito desse plano simples de paz por muitos motivos, porém um dos motivos mais práticos é que o cônjuge não precisa participar dele. Você não tem de ficar preso no ciclo negativo de desculpas que diz: "Se meu marido [esposa] fizesse a parte dele [dela], o casamento seria maravilhoso".

Não cabe a você a tarefa de consertar ou mudar seu cônjuge. Sua tarefa é amar e respeitar seu cônjuge e confiar em que Deus fará o resto.

Se você seguir esse plano de paz, mesmo que seu cônjuge não participe com você do processo de paz, descobrirá que Deus vai começar a levar mais paz ao seu lar. Com o tempo, seu exemplo será um fator para promover também uma mudança no coração dele.

Escolha ser o primeiro a parar com as brigas. Não aceite viver no olho do Casamento Tipo Tornado F5 quando a paz está ao alcance de sua mão. Confie em que o Príncipe da Paz acalma as tempestades, e ele fará isso. Este plano pode melhorar radicalmente seu casamento e o ajudará em seus outros relacionamentos. Ao levar mais paz ao seu lar, você será também um exemplo benéfico para seus filhos e terá mais energia e estímulo para ser o pai que deseja ser. A paz é o solo no qual o respeito pode criar raízes. Quando você optar pela paz em seu lar, o respeito desabrochará para todos os que vivem sob seu teto, a começar por seu cônjuge.

> Não cabe a você a tarefa de consertar ou mudar seu cônjuge. Sua tarefa é amar e respeitar seu cônjuge e confiar em que Deus fará o resto.

Quando seu cônjuge não possui a mesma fé que você

Você já deve ter descoberto que este livro foi escrito com base em uma visão mundial e perspectiva cristãs. Sou um cristão imperfeito, porém a fé guia minha vida e é a lente através da qual vejo o mundo ao meu redor e meu lugar dentro dele. Minha esposa me inspira com sua fé e com seu amor por Jesus. A fé compartilhada é o alicerce de nosso casamento e mantém-nos na mesma direção quanto às decisões a respeito de nossos filhos e de todos os outros aspectos de nossa vida.

Sei que nem todos os casais possuem a vantagem de compartilhar a mesma fé. Quando só um dos cônjuges é cristão, ou quando os dois estão em patamares diferentes na jornada da fé, pode haver tensão. Fé diferente ou visão de mundo diferente pode complicar as lições ensinadas aos filhos, descritas neste livro, e criar confusão e estresse dentro de casa. Se você está no meio de uma tempestade como o Casamento do Tipo Tornado F5 que acabo de descrever, ou se seu modo de criar os filhos é diferente do modo de seu cônjuge em razão de diferença de fé ou de visão de mundo, gostaria de oferecer algumas orientações práticas.

Recentemente, tive a oportunidade de conhecer Lee Strobel, um de meus autores favoritos. Lee escreveu dezenas de livros sobre a fé cristã, incluindo o *best-seller* intitulado *Em defesa de Cristo*,[2] que recentemente foi transformado em filme. O livro conta a história extraordinária da vida de Lee e de seu casamento. Lee era ateu e jornalista bem-sucedido quando sua esposa, Leslie, encontrou uma igreja e converteu-se ao cristianismo. Lee pensou que ela havia perdido o juízo, portanto usou suas habilidades de jornalista para pesquisar a fé cristã, na tentativa de desacreditá-la. Não foi exatamente um ato motivado por respeito a ela. Aconteceu, porém, que os fatos que ele encontrou o convenceram de que Jesus é real e a Bíblia é verdadeira.

Lee e Leslie enfrentaram lutas no casamento durante os anos turbulentos em que Leslie seguia a Cristo fielmente e Lee fazia o possível para prejudicar a fé da esposa. Por fim, o testemunho poderoso de amor e graça de Leslie, aliado à evidência do cristianismo, levou Lee a entregar o coração a Cristo e a dedicar o resto de sua vida ao ministério. Décadas depois, o

---

[2] São Paulo: Editora Vida, 2001.

casamento de Lee e Leslie tornou-se maravilhoso e passou a haver uma parceria sólida entre eles, tanto na fé como no ministério.

Há muitos casais na situação que Lee e Leslie enfrentaram. É enorme o estresse em um casamento no qual um dos cônjuges dedica a vida a Cristo e o outro não. Nessa situação, ambos encaram a vida de modo diferente, com pontos de vista diferentes, e isso torna a unidade no casamento uma luta de difícil compreensão. É comum recebermos perguntas de um dos cônjuges desesperado que deseja saber como viver unido ao cônjuge incrédulo.

Ao conversar com uma senhora em nossa igreja em um domingo, ela começou a contar, com lágrimas nos olhos, essas lutas em seu casamento. Com voz trêmula, ela disse: "Meu casamento está desmoronando. Você deve pensar que não sou casada, porque meu marido nunca vem à igreja comigo. Ele não é cristão. É como se vivêssemos em planetas diferentes. Nossos sistemas de valores, crenças e visão de mundo estão separados por quilômetros de distância. A fé é a parte mais importante de minha vida, mas não posso conversar com ele sobre o assunto porque, quando isso ocorre, ele me acusa de querer pregar para ele. Sinto que estamos cada vez mais longe um do outro. Oro todos os dias sobre a situação e faço o possível para melhorar nosso relacionamento, mas parece que nada funciona. O que devo fazer?".

Faz um bom tempo que trabalho com casais e, como pastor, um de meus maiores problemas na área do casamento que ouço de pessoas de dentro da igreja é o mesmo problema que aquela senhora enfrenta. Deus sabe que esse cenário é capaz de criar muitas dores de cabeça, portanto oferece-nos advertências explícitas nas Escrituras, dizendo que o cristão não deve casar com um não cristão. Seja qual for o grau de química e compatibilidade que você imagina ter com alguém, se um de vocês é cristão e o outro não, não case. Os mandamentos de Deus têm sempre a finalidade de nos proteger.

Se você já é casado, não pode construir uma máquina do tempo, portanto as instruções bíblicas sobre a pessoa com quem você deve se casar não se aplicam. A Bíblia apresenta instruções muito específicas para esse cenário:

> [...] Se um irmão tem uma mulher descrente e ela se dispõe a viver com ele, não se divorcie dela. E, se uma mulher tem marido descrente e ele se dispõe a viver com ela, não se divorcie dele. Pois o marido descrente é santificado por meio da mulher, e a mulher descrente é santificada por meio do marido. Se assim não fosse, seus filhos seriam impuros, mas agora são santos. Todavia, se o descrente separar-se, que se separe. Em tais casos, o irmão ou a irmã não fica debaixo da servidão; Deus nos chamou para vivermos em paz. Você, mulher, como sabe se salvará seu marido? Ou você, marido, como sabe se salvará sua mulher? (1Coríntios 7.12-16).

Com base nessa passagem e em todas as outras nas quais a Bíblia apresenta instruções para o casamento, creio que cada cristão casado com uma pessoa não cristã deve seguir estas quatro orientações para ser exemplo de respeito e transformação de vida, não apenas para os filhos, mas também para o cônjuge:

1. *Promova a paz.*

A passagem citada lembra-nos de que fomos chamados a viver em paz (v. 15). Em termos práticos, significa que você não deve procurar brigas com o seu cônjuge. Não tente usar a culpa, a manipulação ou a exigência para que ele veja as coisas como você vê. Jesus disse: "Bem-aventurados os pacificadores" (Mateus 5.9a). Esforce-se para ser aquele que resolve conflitos em seu casamento, não aquele que inicia conflitos.

2. *Compartilhe sua fé por meio de suas ações.*

Lee Strobel disse que a vida de Leslie, sua esposa, tornou-se a evidência mais persuasiva do cristianismo. Os "sermões" mais poderosos foram transmitidos por meio de ações, não apenas por palavras. Provavelmente, você não vai convencer seu cônjuge a converter-se ao cristianismo, mas o amor e o respeito que demonstra em suas ações podem fazer sua fé tornar-se tão atraente a ponto de ele se interessar por ela. Mesmo que nunca aceite a Cristo, haverá mais paz e alegria em seu lar se você puser em prática o exemplo cristão de amor e graça.

3. *Não tente consertar, mudar ou julgar seu cônjuge. Ame-o apenas. O resto fica a cargo de Deus.*

Por ser cristão, você é chamado a amar acima de tudo. Lembre-se de que o amor é paciente e bondoso (v. 1Coríntios 13.4); portanto, seja paciente e bondoso com seu cônjuge. Você nunca será responsabilizado pelas decisões que ele tomar, mas será responsabilizado por como o ama. Não tente mudar seu cônjuge; ame-o apenas. O amor é a ferramenta principal que Deus utiliza para mudar todos nós.

4. *Ore e lembre-se de que Deus ama você e ao seu cônjuge também.*

A oração é poderosa e sempre produz resultados. Às vezes, Deus se serve da oração para mudar nossas circunstâncias e, às vezes, a usa simplesmente para mudar nossa perspectiva a respeito de nossas circunstâncias. Ore por seu cônjuge todos os dias. Ore pela salvação dele. Ore para que Deus o ajude a amar seu cônjuge desinteressadamente. Ore para que Deus dê força, graça e encorajamento a você nos dias em que se sentir sozinho no casamento. Lembre-se de que Jesus está com você, e ele nunca o abandonará nem o deixará.

Evitando a "armadilha do colega de quarto"

Um dos piores exemplos que podemos dar aos nossos filhos é simplesmente pensar que o casamento está perdido e começar a viver com o cônjuge como colegas de quarto em vez de viver como parceiros, como um casal que se ama, como melhores amigos e como marido ou mulher totalmente dedicados. Quando nossos filhos crescem sempre vendo a mãe e o pai como colegas de quarto, sócios de uma empresa ou pais divorciados, roubamos deles a dádiva de verem um casamento que os entusiasme a se casar um dia. Estou convencido de que um dos maiores motivos para a indiferença dos rapazes e moças em relação ao casamento é o fato de terem crescido em lares nos quais não havia um exemplo de casamento saudável. Olham para os pais e pensam: "Se casamento é assim, estou fora".

É fácil cair nessa armadilha. Nenhum casal caminha até o altar e faz promessas um ao outro pensando que um dia seu casamento será sem vida e amor. No entanto, é isso que acontece o tempo todo quando o casamento é ligado no piloto automático. Ashley e eu recebemos *e-mails* e mensagens nas redes sociais todos os dias de casais que se sentem presos a essa situação e não sabem como interromper o ciclo. Recentemente, recebemos uma mensagem de uma esposa que se sentia frustrada, desanimada e sem esperança no casamento. Esta é uma paráfrase de sua mensagem:

> Não sei mais o que fazer. Meu marido e eu éramos os melhores amigos. Vivíamos apaixonados. Não sei o que mudou nem quando mudou, mas agora parece que somos apenas colegas de quarto. Somos dois estranhos dividindo a mesma casa, dividindo as contas e dividindo os filhos, mas não era assim o casamento dos meus sonhos. Não sei como voltar à situação de antes. Não consigo continuar assim. O que devo fazer? Preciso de ajuda!

A luta dessa mulher é, provavelmente, aquela que a mantém acordada à noite e torna os seus dias mais difíceis do que precisariam ser. A luta é trágica, mas não é só dela. Em nosso trabalho com casais de todas as partes do mundo, temos visto uma tendência surpreendente. Muitos casamentos estão enfrentando lutas semelhantes. Os casamentos estão caindo naquilo que chamo de "armadilha do colega de quarto".

A armadilha do colega de quarto não é uma armadilha para ratos que prende você no ato. É lenta e metódica como um labirinto complicado. Tão logo o casal entra no labirinto da correria da vida — trabalho, filhos, contas para pagar e assim por diante —, os cônjuges se veem andando a esmo, separados um do outro. Não se trata de uma separação intencional: é apenas o que acontece quando a vida passa correndo.

No labirinto, o casal liga uma espécie de piloto automático. Repetindo, não acontece tudo de uma vez, e raramente é uma escolha intencional para haver tal afastamento. É sutil.

Depois de um longo tempo tentando manter a cabeça fora da água, um dos cônjuges — ou ambos — começa a perceber que o casamento não é mais como era. Eles não são mais os melhores amigos e amantes. Não há mais risos enchendo a casa. Não há mais afeição física. Agem como colegas de quarto e nada mais.

Se você for um desses numerosos cônjuges que sofrem em silêncio com o mesmo tipo de casamento estagnado ou se simplesmente deseja ser proativo para impedir que seu casamento caia na armadilha do colega de quarto, há quatro soluções para melhorar seu casamento. Se você seguir esses quatro passos simples, eles poderão ajudar seu casamento a sair da armadilha do colega de quarto e permanecer firme!

1. *Busque soluções em vez de culpar o outro.*

Quando você está enfrentando lutas no casamento ou sentindo-se sozinho e isolado, é fácil querer culpar o cônjuge. É fácil também culpar a si mesmo. Nenhuma das opções é útil. Em vez de culpar seu cônjuge, demonstre que o respeita dizendo o que está sentindo. Pergunte como ele está se sentindo. Comece a criar alguns passos práticos para melhorar o casamento.

2. *Faça o que fazia no começo do relacionamento.*

Quando os casais me dizem: "As coisas eram muito melhores quando namorávamos", eu costumo sorrir e perguntar: "Então por que vocês pararam de namorar?". Estou tentando demonstrar que o namoro, o romance e a busca que ocorrem no início do relacionamento não devem parar só porque vocês se casaram. Há, claro, questões práticas quando os filhos e as contas chegam, mas há também lindas bênçãos em cada fase do casamento. Não tente recriar os primeiros dias de seu casamento, porque os dias atuais podem ser até melhores, mas vocês podem começar a fazer algumas coisas positivas que faziam no início do relacionamento, como ficar acordados até tarde só para conversar, enviar bilhetinhos de amor, paquerar um ao outro e um milhão de outras coisas para permanecerem unidos.

3. *Ore com seu cônjuge e ore por seu cônjuge.*

Estou convencido de que a oração é um dos atos mais íntimos que um casal pode compartilhar. Quando você ora por seu cônjuge, a oração muda sua perspectiva a respeito dele. Ela os aproxima mais. Quando você ora com seu cônjuge, a oração os leva para mais perto de Deus e, ao mesmo tempo, para mais perto um do outro. Nenhum problema conjugal é maior que Deus, e, quando você convida a paz de Cristo e a sabedoria do Espírito Santo para fazerem parte de seu casamento, a transformação ocorre. Quando você não sabe que caminho seguir, siga Jesus, e será guiado na direção certa.

4. *Não desista!*

A cultura em que vivemos ensina-nos a desistir no momento em que surge uma dificuldade ou desconforto. Muitas pessoas parecem ter mais compromissos com dietas, passatempos ou exercícios rotineiros que com o casamento. Quando seu casamento estiver em situação difícil, recuse-se a desistir. Você conseguirá atravessar esse período e, ao vencer a luta, o casamento ficará mais forte.

O tema principal de todas as histórias e de todos os princípios deste capítulo é simplesmente continuar lutando por seu casamento. Lutem em favor um do outro, não um contra o

> Seus filhos observam como você e seu cônjuge se tratam, e essa é a lição mais profunda sobre relacionamentos que você pode ensinar a eles. Seja intencional e certifique-se de estar dando a eles um exemplo saudável.

outro. Continuem buscando um ao outro. Continuem amando e respeitando um ao outro. Seus filhos observam como você e seu cônjuge se tratam, e essa é a lição mais profunda sobre relacionamentos que você pode ensinar a eles. Seja intencional e certifique-se de estar dando a eles um exemplo saudável. Nenhum de nós é perfeito, mas todos nós podemos ser saudáveis. Se precisar de mais recursos para ajudar você e seu cônjuge para continuarem a construir um casamento saudável e deixar um legado de amor e respeito em seu lar, acesse nosso site <www.DaveAndAshleyWillis.com>.

Nas próprias palavras das mulheres

"Meu marido é muito bom para mim. Sinto-me sempre respeitada por ele, porque ele me ouve sempre que estou falando. Mesmo que eu me emocione com alguma coisa, ele nunca menospreza meus sentimentos nem me menospreza. É carinhoso comigo, mas nunca com superioridade nem de forma depreciativa. Trata-me sempre como sua parceira e melhor amiga. Eu o amo muito e quero que nossos meninos cresçam e tratem a esposa da maneira que o pai deles me trata."

LACRECIA G. (34 anos)

"O cavalheirismo nunca saiu de moda. Quando meu marido segura a porta aberta para eu passar ou me entrega seu

guarda-chuva em um dia chuvoso, meu coração ainda bate mais forte."

EDNA V. (76 anos)

"Sinto-me respeitada por meu marido quando ele cuida de mim por cortesia em vez de apenas tomar decisões por conta própria, sejam elas grandes ou pequenas. Formamos uma equipe. Gosto quando sou tratada com igualdade pelos homens, apesar de ser mulher."

DANIELLE H. (26 anos)

Capítulo 9

ENSINANDO LIÇÕES CORRETAS A SEU FILHO

Ontem, eu estava sentado no banco da igreja, ouvindo nosso pastor pregar uma poderosa mensagem sobre a aventura de fé que Deus tem reservada para cada cristão. Já me autodiagnostiquei com uma forma adulta de TDAH,[1] portanto às vezes meus pensamentos e olhos percorrem o templo, mesmo durante os sermões mais cativantes. Nesse domingo em particular, meus olhos pousaram em uma cena que mal acreditei estar vendo. Era chocante.

Sentado duas fileiras de bancos à minha frente, vi um adolescente que aparentava ter uns 14 anos de idade segurando o celular em um ângulo que eu podia ver claramente. Não havia ninguém sentado na primeira fileira de bancos à minha frente, de modo que, no ângulo privilegiado de minha linha de visão, talvez eu tenha sido a única pessoa da congregação que conseguiu ver a tela do celular do garoto.

À primeira vista, vi apenas imagens de desenhos animados. Eram figuras femininas de um desenho que meus filhos costumam ver. Frustrado, revirei os olhos diante dessa cena constante de crianças com os olhos grudados no celular em ocasiões inoportunas. Olhei de novo para a tela do celular do garoto, e minha frustração transformou-se em pavor.

---

[1] Transtorno do Déficit de Atenção com Hiperatividade. [N. do T.]

Os *sites* que ele buscava na rede, que à primeira vista pareciam divertimentos para crianças, eram, na verdade, pornográficos.

O garoto, sentado à direita dos pais, estava procurando descaradamente desenhos animados pornográficos na rede. Sinceramente, eu não entendia que aquilo era real. Posteriormente, algumas pesquisas feitas a respeito desse assunto revelaram algumas tendências mundiais inacreditáveis. Com a epidemia global de viciados em telas de celulares e outros aparelhos eletrônicos, muitos homens e adolescentes estão se tornando dependentes de desenhos animados pornográficos criados com base em personagens femininas populares e de *videogames*. No Japão, o problema espalhou-se de tal forma que há uma diminuição no número de homens que desejam casar com mulheres reais.[2]

Aquele menino na igreja estava pisando arrogantemente em um terreno tenebroso e sem saída. Sem querer ser bisbilhoteiro ou chamar a atenção, inclinei a cabeça de leve, na tentativa de decifrar as imagens que via. Era aquilo mesmo. As personagens femininas de uma série de desenhos populares haviam se transformado em estrelas de desenhos animados pornográficos. Aparentemente, os pais do garoto haviam concordado em dar "privacidade" ao filho, uma atitude ingênua e trágica.

Do lugar em que eu estava sentado, poderia intervir sem chamar a atenção da igreja. Continuei no mesmo lugar sentindo-me impotente enquanto um bombardeio de pensamentos e emoções me varria a mente. Estava frustrado com a infiltração da pornografia ao alcance das pontas dos dedos de nossos filhos

---

[2] McVeigh, Tracy. For Japan's "Stranded Singles", Virtual Love Beats the Real Thing. **Guardian**, 19 nov. 2016. Disponível em: <https://www.theguardian.com/world/2016/nov/20/japan-stranded-singles-virtual-love>.

e assustado com as mensagens destruidoras que eles viam e ouviam todos os dias. E triste também pela forma como a mente de nossos filhos está sendo reconfigurada e como isso está promovendo uma epidemia de desrespeito com as mulheres — culminando com muitas outras revelações trágicas que vemos sobre abuso e assédio. O fato motivou-me mais do que nunca a ter conversas importantes com nossos filhos sobre todas aquelas coisas e ajudar outros pais a fazerem o mesmo.

Aprendi muito enquanto pesquisava e escrevia este livro e espero que você tenha aprendido algumas verdades valiosas durante a leitura. Embora espere que você e eu continuemos a aprender, o mais importante de tudo é sermos eficientes ao ensinar essas lições aos nossos filhos. Se a cabeça deles estiver repleta de conhecimento, mas eles continuarem a seguir na direção errada, o conhecimento será inútil.

Para ter certeza de que esses princípios que estamos discutindo criem raiz no coração e na mente de nossos filhos, dedico este último capítulo para criar momentos de aprendizado com seu filho em torno dos temas abordados neste livro. Será preciso intenção de nossa parte, mas, se criarmos momentos de aprendizado com nossos filhos, poderemos ajudá-los a alcançar novos patamares e também fortalecer nossos relacionamentos familiares nesta época especial da vida deles.

Talvez seja difícil conseguir que um menino diga abertamente o que pensa e sente. Provavelmente, você já sabe, e também aprendeu que não existe um método do tipo "funciona para todos" para a comunicação, porque uma pessoa é diferente da outra. Ainda assim, há algumas preferências e perspectivas que a maioria dos homens possui; portanto, será um bom começo se você as conhecer.

Ao longo deste livro, compartilhei histórias, estatísticas e textos bíblicos para estimular conversas saudáveis, mas quero deixar com você mais uma ferramenta prática que o ajude a transmitir esses princípios de maneira duradoura. A seguir, há uma orientação de acordo com a idade de seus filhos, começando com conversas constantes com eles em torno de sexo, tecnologia, masculinidade autêntica e respeito pelas mulheres. A convergência dessas quatro áreas cria um cruzamento no qual grande parte do modo de pensar de seu filho é focada durante a adolescência.

O impacto será grande se você conhecer a linguagem de seu filho; por isso, antes de mergulhar na análise específica para cada idade, quero dar a você uma ótima sugestão, válida para homens de todas as idades: a maioria dos meninos é mais receptiva à comunicação quando ela é desenvolvida em torno de uma atividade. Para as meninas, a conversa em si talvez seja toda a atividade necessária, mas a maioria dos meninos não quer falar só por falar. Conversar é algo que ocorre naturalmente como o efeito colateral de uma atividade em conjunto, como caminhar, andar de bicicleta, jogar golfe, jogar *videogames* e milhares de outras atividades.

> A maioria dos meninos é mais receptiva à comunicação quando ela é desenvolvida em torno de uma atividade.

Quando você diz a seu filho: "Precisamos conversar", é bem possível que ele revire os olhos ou se feche completamente. Quando pede que ele realize sua atividade favorita com você e deixa o início da conversa para quando estiverem no meio da atividade, é quase certo que ele se abrirá de novas maneiras. Este é o único e o melhor palpite sobre comunicação que posso dar aos pais de meninos: desenvolva as conversas entre vocês em torno de atividades.

As perguntas e atividades relacionadas a seguir têm a finalidade de provocar conversas e conexões contínuas com seu filho em todos os estágios do desenvolvimento dele até a maturidade. Também têm a finalidade de criar respeito inicial e contínuo em relação às mulheres. Essas listas não são abrangentes, mas espero que deem início a conversas e cultivem algumas ideias únicas e perfeitamente adequadas para você e seu filho.

Apresento uma análise simples de como orientar as conversas com seu filho nas várias fases da vida escolar: creche/pré-escola, ensino fundamental I e II, ensino médio e faculdade.

Creche/Pré-escola

Chatham, meu filho de 3 anos, me viu usando uma barba postiça quando brincávamos de "travessura ou gostosura" neste ano. Apontando para meu rosto, ele disse: "Papai, você está vestido como homem!". Ri e pensei: "Espere um pouco! Se ele pensa que agora estou vestido como homem, o que será que ele pensa quando não estou usando barba postiça?". Foi um momento divertido de ensinamento, quando decidi explicar que ser homem é muito mais que ter barba.

Essa é uma idade da investigação, quando a criança está descobrindo o mundo ao redor dela e o lugar exclusivo que ocupa no mundo. É o tempo perfeito para iniciar conversas sobre a singularidade concedida por Deus para meninos e meninas e comemorar as diferenças concedidas por Deus. É também o tempo de começar a promover relacionamentos saudáveis com outros meninos e meninas. Seu filho deve aprender essas lições desde tenra idade para ter relacionamentos saudáveis e respeitosos com homens e mulheres de todas as idades.

Perguntas para estimular conversas com seu filho:
1. O que você mais ama na mamãe?
2. Qual é a super-heroína que você mais gosta de ver?
3. O que você mais ama na sua professora (ou outro exemplo feminino positivo)?

Atividades para estimular conversas com seu filho:
1. Promova encontros propositais para que seu filho brinque com meninas da idade dele. É claro que ele deve brincar com outros meninos também, mas encontre uma forma natural para que seu filho interaja desde cedo com meninas a fim de que sejam suas amigas, colegas e iguais a ele.
2. Na hora de dormir, leia histórias seculares e histórias bíblicas que se concentrem na força e na coragem tanto de homens quanto de mulheres.
3. Vejam juntos desenhos animados e filmes que mostrem interações saudáveis entre homens e mulheres.

Ensino fundamental I

Atualmente, meu filho Chandler está cursando o primeiro ano. Ele é viril, atlético e "macho" em todos os sentidos, mas tem amigos de ambos os gêneros. O modo com que ele brinca com os amigos e amigas difere um pouco em razão da personalidade de cada um e da porcentagem de meninos e meninas no grupo, mas ele gosta de brincar com meninas da mesma forma que gosta de brincar com meninos. Pelo jeito, no futuro Chandler terá amizades saudáveis com pessoas dos dois gêneros. Ele também não tem a tendência de generalizar, como fazem quase todos os meninos de sua idade que dizem coisas como: "Você chuta a bola igual a uma menina" ou outras conotações negativas ou limitadoras acerca das mulheres. As perguntas e atividades a seguir darão a você um bom começo e ajudarão seus filhos nessa faixa etária.

Perguntas para estimular conversas com seu filho:
1. O que faz a sua mãe ser tão forte?
2. Que mulher da Bíblia é a sua personagem favorita?
3. Quando você crescer e for pai, que tipo de coisas gostaria de fazer com sua esposa e filhos?

Atividades para estimular conversas com seu filho:
1. Encoraje seu filho a participar de, no mínimo, uma atividade esportiva em um time misto. Aprender a ver os meninos e as meninas como colegas de time sem distinção de gênero é um ótimo treinamento para aprender o significado de respeito.
2. Encoraje formas de entretenimento, jogos e *videogames* que incluam proteger as mulheres (salvar a princesa, por exemplo) e apresente histórias de mulheres fortes resgatando vidas em risco. Esses vários exemplos ajudarão seu filho a querer proteger e respeitar as mulheres.
3. Na hora de dormir, leia histórias seculares e histórias da Bíblia que reforcem as lições de coragem e cavalheirismo.

Ensino fundamental II

Temos dois filhos cursando o ensino fundamental II. Cooper e Connor são rapazes extraordinários que personificam a masculinidade corajosa, embora sejam também sensíveis, respeitadores e cuidadosos com suas colegas e com as mulheres de todas as idades. Estamos dando uma atenção extra às nossas conversas com Cooper e Connor relacionadas a puberdade, sexo, pornografia e outros assuntos abordados neste livro, porque ambos estão em idade crítica na qual os pensamentos e as ações estão se transformando em comportamentos que possivelmente serão demonstrados durante toda a vida. Estamos orgulhosos dos caminhos que estão escolhendo. Estas perguntas e atividades são algumas dentre as que estamos usando para treiná-los e encorajá-los em sua jornada.

Perguntas para estimular conversas com seu filho:

1. Dentre todas as mulheres da História (além de sua mãe), qual delas você mais respeita? Em sua opinião, quais são os maiores pontos fortes delas?
2. Ouvi dizer que alguns alunos do ensino médio estão enviando mensagens sexualmente explícitas entre eles pelo celular. Você acha que isso está acontecendo em sua escola? (Eu tenho certeza que sim, mas a pergunta que ficou no ar poderá provocar alguma conversa.)
3. O que você acha que os meninos não entendem a respeito das meninas?
4. E o que as meninas não entendem a respeito dos meninos?

Atividades para estimular conversas com seu filho:

1. Comecem a assistir juntos aos noticiários matutinos antes das aulas ou à noite antes da hora de dormir. Monte uma estratégia para conversar com ele sobre histórias que destacam uma heroína ou uma mulher que foi vítima de um homem. Nunca fale mal dos homens nem faça uma falsa dicotomia

entre homem e mulher, mas ensine-o a respeitar e a proteger as mulheres, para que as mulheres e as meninas que fazem parte da vida dele nunca sejam vítimas de homens.
2. Mantenha conversas transparentes e contínuas sobre sexo. Os recursos Passport2Purity e Passport2Identity da FamilyLife Today são ferramentas ótimas para facilitar essas conversas com seu filho que cursa o ensino médio.[3]
3. Vigie de perto as atividades *on-line* de seu filho. Programas de filtragem como X3Watch ou Covenant Eyes poderão ajudar você a bloquear *sites* pornográficos e a verificar que *sites* ele está acessando. As atividades *on-line* de seu filho proporcionarão a você informações úteis e únicas sobre o que ele pensa e criará um ponto de partida para iniciar as conversas.
4. Ouça com atenção quando seu filho quiser falar. Descobrimos que as conversas importantes podem ser iniciadas pelos meninos em ocasiões improváveis e em torno de assuntos improváveis; mas, quando nos dispomos a deixar o celular de lado e ouvir atentamente qualquer assunto que eles queiram discutir, há ótimas chances de que essas conversas serão memoráveis e significativas.

Ensino médio

Ashley e eu temos muita experiência em lidar com alunos do ensino médio, mas essa experiência não foi adquirida (ainda) como pais de meninos dessa idade. Ashley é professora do ensino fundamental II e do ensino médio, e nós dois passamos anos trabalhando juntos em ministérios para jovens.

---

[3] Passport2Purity (https://shop.familylife.com/t-fl-passport2purity.aspx) e Passport2Identity (https://shop.familylife.com/t-fl-passport2identity.aspx). Disponível em: <https://www.familylife.com/> da FamilyLife Today.

Na verdade, trabalhamos, como líderes da igreja, com alunos do ensino médio antes mesmo de ter filhos. As lições que aprendemos com essas experiências ajudaram-nos a escolher os tipos de perguntas e atividades que esperamos compartilhar com nossos filhos quando estiverem cursando o ensino médio.

Perguntas para estimular conversas com seu filho:

1. Li nas estatísticas que hoje há menos alunos do ensino médio praticando atos sexuais do que na minha geração. Estou orgulhoso de vocês, rapazes! Em sua opinião, por que há mais rapazes esperando para iniciar a vida sexual?
2. Quais são os traços de caráter que uma boa esposa deve ter? Quais são os traços de caráter que um bom marido deve ter? Que casal (que não pertença à família) tem o casamento que vocês gostariam de ter um dia?
3. Quais são os desafios mais difíceis que os rapazes de seu colégio enfrentam? Como ajudá-los da melhor maneira possível?
4. Quais são os desafios mais difíceis que as moças de seu colégio enfrentam? Como você poderia ajudá-las?

Atividades para estimular conversas com seu filho:

1. Leve seu filho para ver um filme cuja personagem seja uma mulher de forte liderança. Depois vão ao seu restaurante favorito e conversem sobre o filme e as características que tornaram aquela personagem tão forte.
2. Planeje um tempo a sós com seu filho. Tanto o pai quanto a mãe devem ter o costume de passar tempo com cada um dos filhos, realizando atividades de que eles gostem. Pelo menos uma vez por ano durante o ensino médio, planeje fazer uma viagem apenas com seu filho e passem a noite juntos para renovar os laços entre vocês e aprofundar mais as conversas.

3. Planeje eventos de ritos de passagem em datas marcantes da vida dele. Falei extensivamente sobre esses eventos no capítulo sobre masculinidade autêntica. Transforme esses eventos especiais em datas fixas no calendário da família, quando você poderá então homenagear e comemorar publicamente a transição de seu filho para a idade adulta e as características de integridade e honra que ele está desenvolvendo.
4. Encoraje seu filho a apresentar-se como voluntário em um lugar onde ele possa usar seus dons para ajudar a comunidade. Essa oportunidade de voluntariado deve incluir, ao menos, um elemento para ajudar as mulheres. Incentive a disposição dele e comemore. Troquem ideias sobre a experiência dele.

Faculdade

Os anos de faculdade representam um tempo muito especial na vida de um homem. Conforme já mencionei neste livro, os *campi* são o principal ponto de referência para os piores crimes cometidos contra as mulheres. São também o berço do progresso para encorajar os homens a assumirem a responsabilidade de honrar e respeitar as mulheres. No tempo em que eu lecionava na faculdade, vi, logo no início, que há numerosas oportunidades para escolhas sábias ou inconsequentes entre os estudantes. Essas escolhas podem causar impacto na vida inteira, de modo positivo ou negativo.

Perguntas para estimular conversas com seu filho:
1. Você acredita que as oportunidades são iguais tanto para as universitárias quanto para os universitários? Há alguma injustiça entre os gêneros?

2. Você gostaria que seus futuros filhos tenham experiências iguais às suas quando estiverem cursando a faculdade? Que experiências você gostaria que seus filhos tivessem? Que experiências você gostaria que suas filhas tivessem?
3. O que você gostaria de ter dito a si mesmo nos tempos do ensino médio que o ajudaria a preparar-se para os desafios que enfrenta agora?
4. Quais são os traços de caráter que você procura em uma futura esposa? Há alguma moça na faculdade que você conhece e que possui esses traços de caráter?

Atividades para estimular conversas com seu filho:

1. Pergunte que livros ele vai ter de ler no semestre atual. Escolha um desses livros que tenha sido escrito por uma mulher e diga a ele que deseja comprar um exemplar. Leia-o e converse sobre o livro com seu filho. Organize um clube do livro com dois leitores.
2. *Apresente-se como voluntário em uma organização de caridade que ajuda mulheres.* Seja específico e escolha um abrigo para mulheres que sofreram agressões físicas ou um abrigo para moradoras de rua. Essa atitude poderá criar momentos importantes e despertar em seu filho o desejo de proteger as mulheres durante a vida inteira. (O processo de verificação de antecedentes é extenso. Exigem-se também coletas de informações e treinamento extensivo.)
3. *Tenha coragem de compartilhar as escolhas certas e as escolhas erradas que você fez na faculdade ou na juventude.* Disponha-se a conversar sobre seus arrependimentos, incluindo escolhas sexuais do passado. Talvez a conversa seja constrangedora, mas, se você tiver a coragem de ser

transparente e vulnerável, a confiança de seu filho em você aumentará, e você o ajudará a aprender com suas escolhas certas e erradas.
4. *Procure maneiras de permanecerem ligados um ao outro.* Não persiga seu filho. Dê asas a ele e deixe claro que você sempre o apoiará. Envie-lhe mensagens de texto encorajadoras. Envie-lhe pacotes com guloseimas caseiras e alguns utensílios práticos para facilitar a vida dele. O relacionamento entre vocês está em fase de transição: de autoridade e proteção para amizade adulta. Diga-lhe que ora por ele todos os dias e que se orgulha muito do homem em que ele se tornou. Sua influência na vida dele será para a vida toda se você se dispuser a atravessar esses anos com sabedoria e dar a ele o apoio de que ele ainda necessita.

Criando momentos para ensinar seus filhos

Certamente, não faltam informações para ensinar nossos filhos, porém o maior problema que quase todos os pais enfrentam parece ser o momento certo de ensinar. Esses momentos podem escapar facilmente se ficarmos esperando que ocorram. Temos a tendência de aceitar o mito de encontrar o "tempo perfeito", para nos esquivar dessas conversas. Sempre vamos competir com a falta de atenção de nossos filhos, as fases de *videogames*, hiperatividade, piadas sobre cocô e milhares de outras distrações. Não permita que essas distrações o desanimem. Entre no mundo de seus filhos, em cada fase da vida deles, e vá ao encontro deles onde estiverem.

> A verdade é que essa história de tempo perfeito não existe. Há apenas o momento presente e o que você escolhe fazer com ele.

A verdade é que essa história de tempo perfeito não existe. Há apenas o momento presente e o que você escolhe fazer com ele. Não existe também essa história de palavras perfeitas ou pais perfeitos. Não existem pais perfeitos, nem filhos perfeitos; mas, se você estiver sempre presente na vida de seus filhos, haverá muitos momentos perfeitos ao longo do caminho.

Tudo começa com estar presente e procurar tais momentos para ensinar seus filhos. Algumas de minhas melhores conversas com meus meninos ocorrem quando há o mínimo de competição para atrair a atenção deles. Descobri que a hora de dormir é uma excelente oportunidade para ótimas interações, porque, de repente, passo a ser o cara mais interessante do mundo quando meus filhos não estão querendo dormir. Não dão a mínima atenção para mim o dia inteiro, mas, na hora de dormir, tenho ouvintes atentos às minhas palavras. Aproveite esses momentos em sua rotina diária nos quais não há interrupção. São raros, mas vale a pena aproveitá-los.

Também tenho tido excelentes oportunidades de ensinar meus filhos quando os treino para equipes esportivas. Nunca fui ótimo treinador nem ótimo atleta, mas tento ser ótimo encorajador. Procuro oportunidades para encorajar meus filhos e os garotos do outro time, e aprendi que o encorajamento pode ser um dos melhores professores.

Era inverno, e eu estava treinando o time de basquete de meu filho Connor quando ele tinha 6 anos de idade. Naquele campeonato, os meninos e as meninas jogavam juntos. Nosso time tinha seis garotos e uma garota chamada Madison. Ela era mais alta que a maioria dos garotos e uma das jogadoras mais esforçadas do time. Durante um de nossos treinos, quando formei dois times de três jogadores para competirem entre si, Madison roubou a bola de meu filho. Foi um roubo claro, e ela fazia parte do outro time, portanto estava fazendo exatamente o que deveria fazer.

A reação de Connor surpreendeu-me e decepcionou-me. Ele gritou na direção dela: "Por que você tomou a bola de mim? Você nem pertence ao grupo. As meninas não deviam jogar com os meninos!".

Os lábios de Madison começaram a tremer. Seus olhos encheram-se de lágrimas, mas ela as limpou rapidamente. Estava magoada com as palavras grosseiras de Connor e envergonhada porque havia demonstrado emoção em razão da mágoa. Naquele momento, imaginei que a maioria das meninas e mulheres passa por esse tipo de experiência a vida inteira. Está errado.

Reuni o time imediatamente para uma rápida conversa. Reunir crianças de 6 anos de idade em um grupo para aconselhá-las e convencê-las a ficar em silêncio é o mesmo que tentar ajuntar um bando de macacos tomando um refrigerante muito doce. Ainda assim, conseguimos reunir o grupo, e eu disse mais ou menos estas palavras: "Oi, turma, estou muito orgulhoso do esforço de vocês; mas, quanto ao nosso time, precisamos incentivar uns aos outros e nunca ferir os sentimentos de alguém. Connor acabou de ser muito grosseiro com Madison, quando disse que ela não devia fazer parte do time por ser menina. A verdade é que Madison é uma das jogadoras mais esforçadas do time, e todos nós podemos aprender muito quando a vemos jogar. Ela também tem demonstrado muita coragem por ser a única garota de nosso time, e vocês, meninos, precisam dar-lhe o respeito que ela merece. Vou entregar um novo prêmio ao time. Chama-se 'Prêmio das Bochechas Vermelhas'. O prêmio vai ser dado para quem tiver as bochechas mais suadas e mais vermelhas, porque significa que o jogador ou a jogadora se esforçou além da conta. As bochechas não mentem! Madison vai ganhar o prêmio, porque seu rosto está sempre molhado de suor, o que significa que ela está sempre se esforçando. Obrigado, Madison, por ser um ótimo exemplo para nós. Estamos orgulhosos de você e felizes por fazer parte do nosso time".

Em seguida, pedi a Connor que se desculpasse publicamente com Madison, e ambos se abraçaram. As crianças voltaram imediatamente a jogar e começaram a esforçar-se o máximo que podiam, todas tentando ficar com as bochechas vermelhas e molhadas de suor como as de Madison. Ela tornou-se a líder que eles queriam imitar. Tudo o que fiz foi mudar a definição deles de vencer um jogo, mudando os critérios de "é preciso ser menino para vencer" para a ideia inclusiva de "devemos imitar aquele que mais se esforçar e fizer o melhor que puder".

Connor amadureceu muito naquele ano. Não costumo mencionar o nome de um de meus filhos por ter tido um comportamento nada lisonjeiro, mas contei essa história sobre Connor para que eu também pudesse me gabar dele. Hoje, cursando o sexto ano, ele é um menino que respeita muito as meninas e as mulheres. Sinto muito orgulho dele.

No ano passado, Claire, amiga de Connor, foi escalada para apresentar-se em um recital de violinos. Connor não gosta de recitais, mas ama sua amiga Claire; então, quis estar presente. Ashley disse-lhe que ele deveria comparecer trajando calça cáqui e uma bela camisa. Connor prefere andar nu a ter de vestir esses tipos de roupa, mas Ashley explicou que essa era uma forma de demonstrar respeito a Claire, portanto ele se enfeitou todo. Nunca esteve tão perfumado na vida! Na época, Connor não percebeu, mas Ashley usou a ocasião como um momento de ensino.

Connor também quis oferecer flores a Claire antes da apresentação. Estava tão orgulhoso por entregar as flores que mal podia esperar para ouvir Claire tocar. Quando ela começou a tocar, Connor prendeu a respiração e prestou atenção a cada nota tocada. Concentrou-se intensamente durante a apresentação e queria que ela se sentisse bem. Alguns garotos começaram a cochichar, e Connor, que normalmente é reservado, chamou a atenção deles e disse em voz baixa, mas com autoridade: "Ei! É preciso ter respeito. Fiquem quietos até ela terminar a apresentação".

Estou muito orgulhoso da forma com que Connor respeita e honra os outros. Possui um coração de ouro. Será um ótimo marido e pai um dia.

Nossos outros filhos também estão no caminho certo — acima de tudo, por causa da influência e do exemplo da mãe maravilhosa que eles têm. Cooper, nosso filho mais velho, ingressou recentemente em um curso chamado Social, que ensina pré-adolescentes e adolescentes a respeitar os outros e regras de etiqueta. Escolheram para ele uma parceira chamada Megan. Todas as semanas, Cooper e Megan, acompanhados de centenas de outros garotos e garotas, aprenderam a dançar, como se comportar à mesa e como interagir respeitosamente com pessoas do sexo oposto. Foi uma semana repleta de momentos de aprendizado, além de todos os momentos posteriores quando eu comecei a lhe fazer perguntas sobre tudo o que aconteceu.

A princípio, Cooper reclamou, por achar que a coisa toda parecia idiota, mas acabou amando o curso. Todas as quintas-feiras à noite, ele se vestia de *blazer* e gravata e saía para aprender novos ritmos de dança. No fim de cada semana de aula de dança, a turma toda atravessava a rua e passava o tempo em uma sorveteria, que se tornou o ponto alto da semana inteira. Quando a temporada terminou, os garotos e as garotas dançaram lindamente como se fosse a um baile da realeza ou uma cena de *Downton Abbey*.[4] Todos pareciam adultos e se sentiam adultos.

Muitas coisas boas aconteceram graças à experiência de Cooper naquele curso. Primeiro, temos fotos que serão muito divertidas para ele quando for mais velho, porque ele era o garoto mais baixo do curso, e Megan era a garota mais alta. A parceria exigiu muita coragem de ambas as partes, e as fotos dos dois juntos são encantadoras.

No entanto, muito mais importante que as belas fotos, foi ver Cooper amadurecer ao longo do Social. Ele não estava apenas aprendendo etiqueta convencional e passos de dança; estava sentindo a alegria e a liberdade que surgem quando os meninos e as meninas aprendem a interagir entre si de maneira respeitosa. Vi a autoconfiança dele aumentar. Vi sua capacidade de comunicar-se respeitosamente com o sexo oposto melhorar de forma extraordinária. Sou muito grato pelo investimento que fizemos quando lhe permitimos fazer parte do Social. Penso que ele também é grato pela experiência.

Chandler cursa o primeiro ano e, recentemente, voltou para casa contando uma história tão doce que foi um dos exemplos mais sensatos de respeito que eu poderia imaginar.

---

[4] Série de televisão ambientada em 1927, que mostra uma visita oficial do rei e da rainha da Inglaterra a uma família na zona rural do condado de Yorkshire. [N. do T.]

Aqueceu realmente o meu coração. Chandler entrou em casa e declarou com firmeza: "Não quero mais levar sanduíche de manteiga de amendoim e geleia na lancheira".

Ashley e eu ficamos surpresos diante daquelas palavras, porque Chandler adora manteiga de amendoim e geleia. Ele puxou a mim. Sou capaz de devorar sanduíches de manteiga de amendoim e geleia várias vezes durante o dia, e "Chan Man" e eu temos esse gosto em comum. Perguntamos por que ele queria abrir mão de seu sanduíche favorito, e ele respondeu: "Minha amiga Chloe tem alergia a amendoim. Se ela ficar perto de manteiga de amendoim, vai ficar doente. Ela precisa sentar-se à mesa no refeitório sem amendoim por perto. Eu quero me sentar ao lado dela, por isso quero que vocês, de hoje em diante, coloquem sanduíche de peito de peru na minha lancheira, para eu poder me sentar ao lado de Chloe".

Uau! Fiquei muito orgulhoso. Foi ele que me ensinou daquela vez! Todos nós somos egoístas por natureza, mas meu filho estava aprendendo que o sacrifício feito por amor e respeito a uma amiga é sempre um sacrifício que vale a pena. Sinceramente, seu gesto simples e delicado desafiou-me a ser menos egoísta. Nós, os pais, preocupamo-nos tanto com todas as lições que imaginamos ter de ensinar aos nossos filhos que, às vezes, esquecemo-nos de todas as lições que podemos aprender com eles.

Com Chatham, nosso filho mais novo, sempre procuramos meios de iniciar conversas sobre respeito desde cedo. Ele puxou à sua doce mamãe, portanto já é uma das crianças mais meigas do Planeta. Cada um de nós é uma obra em andamento, mas espero que nossa família continue a dar exemplos saudáveis à medida que ele cresce. Ele quer ser super-herói quando crescer. Tentamos ajudá-lo a entender que respeito é um dos maiores superpoderes.

Em uma casa só de meninos, é claro que não existem irmãs, mas, por meio de esporte, escola e reuniões em família, tentamos ser proativos em criar momentos de aprendizado. Nossos filhos menores são preciosos e querem, um dia, ser parecidos com os irmãos mais velhos. Eu desafio os meninos mais velhos a usarem sua influência para o bem, porque há pés pequeninos querendo seguir seus passos.

Para todos nós, é importante seguir um caminho digno de ser imitado. Principalmente para aqueles de nós que somos pais, precisamos lembrar que nossas palavras, atitudes e ações vão provavelmente ser lembradas e imitadas por nossos filhos. Nosso exemplo é o professor mais influente deles. Nenhum de nós é perfeito, mas todos podemos escolher o caminho certo. É nosso dever. Há muita coisa em jogo.

Seguindo em frente com uma nova perspectiva

Enquanto você processa tudo o que leu até aqui, talvez sua cabeça esteja girando ao pensar nos próximos passos que deverá dar. Há muitas aplicações que os pais precisam fazer com base nas informações que aprendemos, mas quero propor o primeiro passo que pode parecer improvável. Exige uma simples mudança de perspectiva. Esta última história servirá como ilustração.

Em 2012, uma roteirista talentosa e promissora chamada Jennifer Lee estava terminando o trabalho em um filme da Disney intitulado *Detona Ralph* quando foi convidada a desempenhar um papel importante no projeto mais recente da Disney. O novo filme seria chamado *Frozen* [Congelado], e seria diferente de tudo o que o estúdio produzira até então. Dezenas de milhões de dólares já haviam sido investidos no projeto, mas havia um obstáculo no caminho. Eles estavam a ponto de desistir.

O filme estava enfrentando muitos contratempos, mas um dos mais urgentes era o enredo. Ele parecia travado. As personagens não evoluíam, e as canções não surgiam. Jennifer foi contratada como líder para ajudar a desenvolver o roteiro e ser codiretora do filme, e ela também se tornou a primeira mulher diretora de longas-metragens da Disney.

Após estudar cuidadosamente o roteiro e fazer um exame minucioso das personagens, Jennifer reconheceu que o enredo tinha potencial limitado, mas, antes de prosseguir, os roteiristas precisavam reinventar uma personagem-chave. Até aquele ponto, a protagonista do filme chamada Elsa havia sido uma vilã. Ela era a fria e implacável Rainha da Neve, sem nenhuma possibilidade de se regenerar. Jennifer teve a brilhante ideia de propor que o enredo só daria certo se Elsa se tornasse uma das heroínas da história. Assim como todos os heróis e heroínas, ela era complicada e imperfeita, mas tinha bom coração e, no fim do filme, seria uma peça muito importante para criar um final feliz. Tão logo a personagem de Elsa foi reimaginada e reescrita, o resto da história encaixou-se perfeitamente. As canções começaram a surgir. A letra da canção *Let it go* [Deixe pra lá][5] não fazia sentido para eles.

O resto é história cinematográfica. Jennifer Lee e sua equipe na Disney criaram um dos filmes mais amados e

---

[5] Em português, essa canção foi traduzida com o título *Livre estou*, cuja letra pode ser conferida no site: <https://www.letras.mus.br/frozen/livre-estou/>. [N. do R.]

bem-sucedidos da história do cinema, responsável por uma franquia de bilhões de dólares, inclusive de música, brinquedos, fantasias, subprodutos e um musical na Broadway. Talvez neste momento você esteja cantarolando mentalmente uma das canções de *Frozen*.

Contei essa história porque vejo alguns paralelos importantes entre o progresso do filme e o progresso coletivo em torno do assunto sobre respeito e oportunidades iguais para mulheres e meninas. Muito progresso tem sido feito e muito dinheiro tem sido investido, mas parece que estamos paralisados e não conseguimos cruzar a linha final.

Em nossa frustração, somos rápidos para diagnosticar o que necessita acontecer a seguir. Alguns acreditam que é necessário reformular as leis. Outros acreditam que o foco deve estar na educação ou em mudar o clima no ambiente de trabalho da empresa. Embora todas essas ideias tenham mérito, estou propondo algo diferente. E se precisássemos começar a simplesmente reimaginar uma personagem-chave na história, como fez Jennifer em *Frozen*?

A personagem-chave nesta história é você (e eu). E se cada um de nós reimaginasse as funções e responsabilidades que temos com o intuito de dar uma solução a esse assunto para a próxima geração? E se nossa mudança de coração e mudança de atitude também produzissem uma mudança poderosa e eficaz em nossa maneira de educar os filhos, para podermos ajudá-los a corrigir alguns erros que não foram consertados pelas gerações anteriores? E se nossa geração fosse a última a enfrentar desigualdade de gêneros?

Sim, necessitamos de legislação, necessitamos de mudança cultural, necessitamos ser transparentes, necessitamos de respeito, necessitamos de muitas coisas. Contudo, como estamos julgando publicamente todas as figuras de destaque que erraram, devemos também fazer uma autoavaliação sincera de nossos pensamentos e ações. Todos nós somos parte do problema e, enquanto não tivermos coragem de admitir, jamais encontraremos uma solução duradoura. A mudança começa quando reexaminamos nosso papel na história e nos comprometemos a ensinar nossos filhos a fazerem o mesmo.

> A mudança começa quando reexaminamos nosso papel na história e nos comprometemos a ensinar nossos filhos a fazerem o mesmo.

Obrigado por me acompanhar nesta jornada. Obrigado por você acreditar que nossos filhos e nossas filhas merecem algo melhor do que a atual realidade. Obrigado por ter a coragem de pôr suas convicções em prática.

Juntos, temos o poder de promover uma mudança duradoura. Quero criar um mundo melhor para nossos filhos e nossas filhas e sei que você deseja o mesmo. Nossos desejos não promoverão mudanças, mas, sim, nossas ações. Vamos arregaçar as mangas!

Nas próprias palavras das mulheres

"Tenho muito orgulho de meus filhos pequenos e de como serão quando se tornarem adultos. Eles não são perfeitos, mas possuem caráter genuíno e preocupação genuína com os outros. O mérito não é meu por todos os traços positivos de caráter que possuem, mas me sinto orgulhosa de ser mãe deles."

SHANNON P. (36 anos)

"Sinto pena dos meninos de hoje, porque provavelmente acham que não sabem fazer nada certo. Se seguram a porta para uma garota passar, dizem que são sexistas. Se não demonstram cavalheirismo, dizem que são grosseiros. Sei que as meninas estão sendo muito desrespeitadas e recebendo tratamento desigual ao longo dos anos; mas, sinceramente, acho que hoje a situação é mais difícil para os meninos que para as meninas. Em tudo o que eles fazem, há alguém esperando para dizer que agiram de modo errado."

KRISTY D. (21 anos)

"De todas as coisas que fiz na vida, sinto mais orgulho do tempo que passei com meus filhos. Eles cresceram e são homens honrados. Não tive nenhuma filha, mas hoje tenho noras maravilhosas e eu as amo como se fossem minhas filhas. Nunca fui rica nem famosa, mas sinto-me como se fosse a mulher mais rica do mundo, porque criei filhos que amam a esposa e os filhos. Esse é um legado capaz de mudar o mundo."

MAYA C. (67 anos)

Epílogo

CARTA PARA MEUS FILHOS

Pouco tempo atrás, meu pai enviou-me uma carta manuscrita. Foi uma carta simples, porém bonita, de duas páginas registrando seus conselhos, sua perspectiva e seu amor por mim. Guardarei essa carta para sempre, como se fosse um tesouro, porque foi escrita por meu pai. E quero fazer o mesmo para meus filhos.

As palavras de um pai são muito poderosas. Podemos fortalecer nossos filhos ou derrubá-los. Quero que minhas palavras sejam uma fonte de vida e esperança para meus meninos. Espero que você leia esta carta e pense na possibilidade de escrever uma para seus filhos. Acima de tudo, espero que meus filhos leiam isto um dia e se lembrem de quanto eu os amo.

Cooper, Connor, Chandler e Chatham,

Vocês são muito novos para se importar em ler hoje um livro escrito pelo papai, mas espero, um dia, que o encontrem casualmente e extraiam algo dele. Acima de tudo o que escrevi, quero que saibam que vocês são amados. Cada um de vocês é um presente de Deus, e sua mãe e eu somos muito abençoados como seus pais!

Este livro gira principalmente em torno de como e por que respeitar as mulheres. Espero que estas lições fiquem gravadas no coração de vocês e que se tornem homens que honrarão, respeitarão e protegerão as mulheres. Oro para que escolham um caminho de integridade digno do respeito pela futura esposa de vocês. Oro para que encontrem uma esposa piedosa com a mesma força, integridade e fé que a mãe de vocês possui. Oro para que sigam os mandamentos de Deus em suas escolhas relacionadas a sexo e casamento. Os caminhos de Deus são perfeitos, e ele tem um plano perfeito para cada um de vocês.

Quando crescerem e começarem a namorar, por favor, sempre respeitem a vocês mesmos e respeitem também as moças. Jamais troquem prazer momentâneo por tristeza permanente. A graça de Deus é ilimitada, e ele perdoa quando pecamos, mas pode haver ainda cicatrizes de muitos anos pelo não cumprimento das leis de Deus quanto ao sexo e aos relacionamentos. Protejam a própria pureza e protejam a pureza dos outros também. A masculinidade verdadeira não é medida por conquistas sexuais, mas por restrição sexual. Quando vocês escolhem viver de acordo com as leis de Deus em relação à pureza sexual, estão mostrando respeito a vocês mesmos, a Deus e à sua futura esposa.

Tenho tentado ser o exemplo correto para vocês nessas áreas, mas, como bem sabem, seu pai está longe de ser perfeito! Continuarei a tentar e a pôr em prática um exemplo digno de ser seguido, mas, acima de tudo, oro para que vocês sigam os passos do único Pai perfeito. Se seguirem Jesus, estarão sempre no caminho certo. Se ele for seu guia, vocês nunca se perderão. Que as palavras e o exemplo dele sejam o alicerce para suas escolhas e a bússola para guiar seus passos.

Amo vocês, meninos, mais do que são capazes de imaginar. Com exceção da graça de Deus e do amor de sua mãe, ser pai de vocês é o maior presente de minha vida. Sou eternamente grato por cada um de vocês e sinto muito orgulho de vocês. E sempre sentirei. Lembrem-se de que não existe nenhum erro que possa ser maior que a graça de Deus. Sua mãe e eu sempre seremos seus maiores admiradores!

Com amor,

Papai

Agradecimentos

Meu nome pode ser o único na capa deste livro, mas há inúmeros nomes responsáveis pela produção dele. Há muito mais pessoas a quem agradecer do que consegui relacionar aqui, mas quero mostrar publicamente gratidão e respeito por algumas que foram instrumentais nesta jornada.

Ashley, seu amor me motiva. Ser seu marido, parceiro e melhor amigo é a maior honra da minha vida. Obrigado por tudo o que você faz por nossa família. Este livro, como a maioria das coisas de minha vida, não teria sido possível sem você. Eu a amo muito.

Mamãe e papai, obrigado por terem me criado em um lar repleto de amor, riso, encorajamento e fé autêntica. O amor que sentem um pelo outro, por Jesus e por nós proporcionou-me um alicerce sólido para a vida. Ainda quero ser como vocês quando crescer.

A equipe da Thomas Nelson fez mais uma vez um trabalho esplêndido! É um privilégio trabalhar com vocês. Sou muito grato a Jessica Wong, a melhor editora do mundo, por defender a mensagem deste livro e torná-la mais clara, mais focada e mais gramaticalmente correta do que teria sido sem sua ajuda e orientação!

Obrigado à minha agente literária, Amanda Luedeke, cujo entusiasmo inicial por este livro foi um dos principais motivos para eu ter a coragem de escrevê-lo.

Um agradecimento especial à minha amiga e colega Shaunti Feldhahn, que compartilhou pesquisas valiosas comigo quando comecei a escrever o livro. Seus *insights* e encorajamento ajudaram-me a definir a direção do livro inteiro. Se você não está lendo os livros dela, deve começar!

Obrigado à família Evans e a toda a equipe do Marriage-Today e XOMarriage.com. É uma grande alegria viver e ministrar ao lado de vocês. Obrigado por sua amizade e por tudo o que investiram na minha família.

Obrigado a todas as mulheres e a todos os homens que me desafiaram a pensar e a definir o conteúdo deste livro ao compartilhar sua sabedoria e experiências de vida. Este livro e minha vida estão muito mais ricos graças às perspectivas de vocês.

Finalmente, quero agradecer a você, leitor ou leitora, por ter lido este livro. Obrigado por investir seu tempo para criar um mundo melhor para nossos filhos. Obrigado por me acompanhar nesta jornada. Vamos continuar a caminhar. Estamos seguindo na direção certa, mas há muito trabalho a ser feito. Nossos filhos e nossas filhas contam conosco.

Sobre o autor

Dave Willis trabalhou treze anos como pastor em tempo integral e hoje é palestrante, autor, *coach* de relacionamentos e apresentador de televisão do MarriageToday. Trabalha com a esposa, Ashley, para criar recursos focados em fortalecer casamentos, mídia e outros eventos em conjunto com a equipe de www.MarriageToday.com e www.XOMarriage.com. Eles têm quatro filhos jovens e moram em Keller, Texas.

Esta obra foi composta em *Minion Pro*
e impressa por Exklusiva sobre papel
Offset 70 g/m² para Editora Vida.